vmn

MAGDALENE IMIG

Der Friede
ist zwei Jahre jünger als ich

Roman

vmn
Verlag M. Naumann

Copyright by
Verlag Michaela Naumann, **vmn**, Nidderau, 2005

1. Auflage 2005
ISBN 3-936622-58-2

Gesamtherstellung:
AALEXX Druck GmbH, Großburgwedel

Umschlaggestaltung: Frankudo, Nierstein

Bibliografische Information Der Deutschen Bibliothek
Die Deutsche Bibliothek verzeichnet diese Publikation in
der Deutschen Nationalbibliografie; detaillierte bibliografische
Daten sind im Internet über http://dnb.ddb.de abrufbar.

*Für
Natascha
und Christian*

*Wenn ich gewusst hätte,
wie alt ich werden würde,
um wieviel leichter wäre mir
meine Jugend gefallen.*

I

ES MUSS SONNTAG GEWESEN SEIN. Wir gingen spazieren. Wochentags liefen wir nie draußen herum, jedenfalls nicht zum Vergnügen. Wir gingen am Rhein entlang, über die Ringe und danach zum Café am Rudolfplatz. Die Tische waren rund und aus Resopal. Der, um den wir uns setzten, wackelte, sobald das Gewicht zweier Arme darauf zu liegen kam. Mein Vater nahm ein Blatt vom Klopapiervorrat, den er immer in seiner Hosentasche bei sich trug für den Fall eines Falles, faltete es vierfach und schob es unter eines der drei Tischbeine. Danach blickte er hoch und wartete auf Applaus. Meine Mutter hatte ihr rechtes Knie auf das linke gelegt und zog den Rock darüber.

»Such dir was aus«, sagte mein Vater und gab mir die Eiskarte.

»Da, der große Fruchtbecher mit den Ananasstücken, das wäre was für mich.«

Der Kellner stand schon bereit: »Was darf's denn sein, die Herrschaften?«

Ein Bier bestellte mein Vater und einen Wacholder dazu. »Zum Anwärmen«, sagte er und lachte.

Meine Mutter nahm wie immer Cassataeis, und ich zeigte auf das Bild in der Karte. Der Bediener drehte sich um und wollte zur Theke zurück.

»Moment mal«, rief meine Mutter, »noch einen Kaffee hätte ich gerne.«

»Kännchen oder Tasse?«

»Kännchen ... nein, warten Sie! Doch lieber nur 'ne Tasse. Kann sonst nicht schlafen heute nacht.«

Aus der Nische gab es Live-Musik. Klavier und Bass, dazu manchmal Gesang. Das Paar vom Fensterplatz erhob sich synchron und ging im Taktschritt auf die freie Fläche. Ein Mann kam durch den Gang und forderte die Frau am Nebentisch auf. Meine Mutter wippte mit dem linken Bein, das weit in den Raum hineinreichte.

Mein Vater nahm die mitgebrachte Zigarre aus der Jackeninnentasche, biss ein Stück davon ab, spuckte in den Aschenbecher und zündete das andere Tabakende mit einem brennenden Streichholz an. Als es zu glühen begann, nahm er die angebissene Seite in den Mund und blies Qualmwölkchen in die Luft, bis das Bier kam und der Schnaps.

Den Kaffee nannte meine Mutter *Bodenseebrühe,* so dünn wäre er und dafür zu teuer gewesen. Dann brachte der Kellner den Eisbecher für mich.

»Oh, oh«, sagte mein Vater, »dann lass es dir mal gut schmecken, mein Mädchen.«

Einen Löffel Sahne nahm meine Mutter von der Spitze weg, damit der Kaffee wenigstens in eine Richtung gut schmeckte. Nach einer Pause fing die Musik von neuem an, und ich mit dem Eis, den Früchten und der Sahne.

Die Töne fallen herunter wie warmer Regen im Sommerabendwind, und ich bin der taumelnde Schmetterling darin. Mein Pferdeschwanz ist lang und lockig, meine Augen blau und groß, mein Mund ist voll und ungeschminkt, ich bin hübscher als die am Nebentisch und außerdem viel jünger. Warum kommt der Mann nicht zu mir, legt seinen Arm um mich, dreht sich mit mir, lacht, und ich lache zurück und habe doch schon wieder Angst, dass ich mich dafür schämen müsste.

Mein großer Becher war leer, alles aufgegessen.

»Hat dir aber gut geschmeckt«, sagte mein Vater.

Ich hielt mich am Stuhl fest, der schmächtig war wie diese

Zeiten, zu nah an einer Vergangenheit, die niemand so erlebt haben wollte. Etwas Unerklärbares wuchs in meinem Inneren, wurde größer und größer, und plötzlich war mir zum ersten Mal so wie später noch oft. Die Därme verknoteten sich, der Magen riss aus seiner Verankerung und prallte gegen mein Herz, das sich mit einem Sprung zur Kehle hinauffrettete und dort die Luft verdrängte. Im Kopf ging die Schleuse auf und gab den Weg frei für die reißenden Fluten, in denen alles Denken ertrank. Ich hatte Angst zu sterben oder verrückt zu werden, rannte zum Ausgang, aber meine Eltern holten mich schnell ein, packten mich und setzten mich auf den Stuhl, den der erschreckte Kellner vor die Tür aufs Pflaster gestellt hatte. Ich wollte weiterrennen, fliehen, weg von allem und jedem, irgendwohin. Mein Herz war schon auf und davon, hatte das Leben mitgenommen und alle Hoffnung. Die Welt um mich herum hatte sich aufgelöst, mich gab es längst nicht mehr, obwohl mir gerade jetzt so viele Augen erstaunt ins Auge blickten.

Zu Hause fand ich ans Ufer zurück, versuchte die Därme zu ordnen und die Gedanken, und die Angst in der Tiefe zu vergraben. Doch schon in der nächsten Nacht kroch sie wieder herauf, packte mich mit ihren scharfen Krallen und schleuderte mich so lange, bis ich erneut jede Orientierung verlor.

Diesmal fuhren wir ins Hospital.

»Das Herz ist gesund, alles andere auch«, sagte der Doktor, lächelte, verschrieb Librium, dreimal täglich einzunehmen, damit ich eingedämmt bliebe und auf Watte gebettet.

Ohne diese Pillen aber wurde ich wieder und wieder von den Attacken aus dem Schlaf gerissen, in die Fluten geschmissen, und beim Kampf gegen das jämmerliche Ertrinken blickte ich jedes Mal dem Tod ins Gesicht.

Die Sahne könnte der Grund für alles gewesen sein, sagte meine Mutter, oder das Eis.

Später gerieten Leberwurst, Zwiebel, Schwarzbrot und Kohlgemüse unter Verdacht, und noch später schob ich Kaffee und Kuchen, dem Bier oder Wein und schließlich dem Alkohol in jeder Form die Schuld in die Schuhe. Oder dem

Wetter. Nichts in meinem Leben blieb von nun an unverdächtigt und rein. Ich verlor meine Jugend, mein Lachen und fast auch mein Leben, denn daran zu glauben schien mir zu schwer.

Ich wurde älter, erwachsen, könnte man sagen, ich lernte zu funktionieren, umschiffte die Strudel, so gut es ging, und lebte ein fast normales Leben. Es atmete mich, mein Kopf dachte sich Geschichten aus, meine Augen blickten nach vorne, mein Mund redete, und mein kleines Herz lief tapfer seine Strecke tagaus, tagein, wer weiß noch wie weit. Kaum aber hob die Angst ihren Taktstock in die Höhe und rief zum Fortissimo, folgte ihr das gesamte Orchester, zeriss meine Lebenspartitur, stieß die Notenständer um und verließ die angestammten Plätze auf dem Podium meines Körpers. Selbst die Zähne in Reih und Glied ordneten sich unter das neue Regime, sie klapperten im verordneten Stakkato, und ich konnte gar nichts dagegen tun. Ich kauerte mich nieder, hielt die Knie mit den Armen umschlungen, dachte mir verzweifelt einen Punkt, an dem ich mich festhalten könnte, damit nicht alles von mir verloren ging, wartete und hoffte, dass ich auch dieses Mal wieder davonkommen würde, und war doch nie sicher.

Nach der Schulzeit ging ich für ein Jahr ins Ausland, kam wieder zurück, heiratete und gebar ein paar gesunde Kinder. Es gab Zeiten, da glaubte ich, es sei überwunden, aber dann traute ich mich wieder nicht alleine vor die Tür, weil ich nie sicher sein konnte, wo und wann es mich überfiel. Beim Supermarkt beispielsweise, den Säugling im Arm und gerade an der Kasse mit dem Bezahlen beschäftigt. Fast hätte ich das Kleingeld liegengelassen, so zitterten mir die Finger. Und wenn das Kind mir nun aus den Armen gefallen wäre?

Manchmal wusste ich nicht, wie ich heimkam, war froh, wenn die Kinder schliefen, und weinte danach vor Kummer und Wut über das, was mit mir geschah, was ich keinem erzählte, weil keiner mich darin verstehen können würde.

Eines Tages klingelte es an meiner Tür. Zuerst wollte ich gar nicht öffnen. Es war kurz nach acht in der Früh, an einem Montag, die Kinder waren zur Schule oder zum Kindergarten, mein Mann im Büro, und ich noch im Morgenrock. Durch den Spion blickte ich auf einen jungen Mann, der abwartend vor sich hin sah. Einen Spalt nur öffnete ich die Tür.

»Bitte sehr, was wünschen Sie?« fragte ich.

»Frau Simon? Tag, ich bin Robert Baulert. Sie werden mich nicht kennen. Ich war Nachbar Ihrer Eltern, nur für die letzten paar Wochen, bevor sie ins Heim zogen. Die Häuser werden jetzt aufgestockt und die Speicher entrümpelt. Und dort gab es einen Karton, darauf stand der Name Lieselotte Hortmann. Das war doch Ihre Mutter, oder?«

Ich nickte.

»Ja«, sagte der Mann, »ich dachte, ich bring' Ihnen den mal, wegwerfen können Sie ihn immer noch.«

»Wollen Sie reinkommen?« fragte ich und war froh, als er den Kopf schüttelte.

»Nein, nichts für ungut. Ich muss weiter. Also, viel Spaß mit der Kiste, vielleicht sind ja ein paar Goldbarren drin.« Er drehte sich um und ging. Ich hörte, wie eine Autotür zuschlug, und dann den Motor.

Der Pappkarton war nicht schwer. Ich trug ihn hoch und stellte ihn auf meinen Schreibtisch. Mit einer Schere durchtrennte ich das Tesaband und öffnete die beiden Deckel. Keine Goldbarren und auch kein Schmuck oder sonst etwas Wertvolles fand sich darin, und doch wurde es für mich zum Schatz meines Lebens. Hunderte von Blättern, sorgfältig mit der Schrift meiner Mutter beschrieben und mit Garnfäden zusammengenäht, nahm ich heraus. Auf dem Deckblatt stand *Tagebuch*. Als ich darin zu lesen begann, die vielen Mosaiksteine gelebter Jahre sich vor mich legten, war es, als würde eine Tür aufgestoßen. Es schien, als füge sich eines zum anderen, ihr Erinnern und meines. Da wusste ich, dass ich mich aufmachte zu den Quellen und ihrem Ursprung, dass ich dort vielleicht sogar den Schlüssel finden würde zu mir.

II

DREI JAHRE SCHON LEBTE DER KRIEG an ihrer Seite, aber niemand hätte gewagt, seine Sorge hierüber zum Ausdruck zu bringen. Auch sie nicht. Es ist, wie es ist, jeder muss sehen, wie er zurecht kommt. Das Sterben war zum stillen Teilhaber des Alltags geworden, die Angst davor raubte dem Morgen die Zukunft. Trotz allem war sie schwanger.

»Passen Sie auf«, hatte der Arzt gesagt, »Sie wissen, wie schnell es vorbei sein kann.«

Das wusste sie. Ein Jahr zuvor hatte sich ein anderes Kind in ihrem Bauch frühzeitig aus dem Staub gemacht. Ja, sie hatte vorsichtig sein wollen.

Nun aber stand sie auf der Straße. Die letzte Mainacht hatte gerade begonnen, es war Vollmond, und ein Lüftchen wie Seide. Den flachgebürsteten Fohlenmantel trug sie über die Schultern gehängt, darunter blickte man ins geblümte Nachthemd, seinem Weihnachtsgeschenk vom letzten Jahr. Ihm zum Gefallen hatte sie es angezogen am Abend, als Dank, weil er gestern gleich nach dem Dienst heimgekommen war.

»Und?« hatte er beim Eintritt gefragt. »Und?«

Sie hatte ihn angesehen und genickt und zugelassen, dass er sie umarmte.

Nach so vielen Jahren noch ein Kind. Wozu? Um den Nachwuchs, dessen das deutsche Volk zur Erfüllung seiner

Zukunftsaufgaben bedurfte, sicherzustellen? Dazu wäre nämlich – so hatte es in der Zeitung gestanden – trotz der Wiederzunahme der Geburtenhäufigkeit seit der Machtübernahme unbedingt eine weitere Steigerung nötig.

Nein, sie wollte einfach nur ein Kind haben und Mutter sein.

Auch noch in jenen frühen Morgenstunden, als sie vor dem brennenden Haus stand, den Notkoffer neben sich und dieses Kind im Leib? Da oben gingen ihre Träume in den Flammen unter, der viertürige Schlafzimmerschrank, Kirsche hochpoliert, der Eichentisch, die Vitrine mit den drei Hummelfiguren, alles gewienert, geputzt, bis zum Schluss. Dahinein ein Kind zu setzen, konnte man das denn verantworten?

Sie zitterte. Er stand neben ihr, legte seinen Arm um ihre Schultern und flüsterte: »Warum?«

Als Übergangslösung bot man ihnen eine Wohnung in der Wevelinghovener Straße an, Parterre und möbliert.

»Wenigstens ein Dach überm Kopf«, sagte er.

Aber die Küche war fremd, das Bett ebenso. Und nichts so sauber wie gewohnt. Sie kaufte ›Witt Standard‹ und reinigte Spüle und Klo, danach wischte sie sich das Blut von den Schenkeln. Wenn die Sirenen heulten, rannte sie um ihr Leben, an das ihres Kindes glaubte sie längst nicht mehr; manchmal hoffte sie sogar, es wäre so vernünftig und rettete sich ebenso, wie seine Schwester oder sein Bruder im Jahr zuvor.

Die Abschnitte sieben, neun und zehn, auf die es ab Montag eine Sonderzuteilung für zweihundertfünfzig Gramm Reis, zwei Eier und hundertfünfundzwanzig Gramm Butter geben sollte, fand sie nicht, und er schimpfte einen Abend lang über ihre Dusseligkeit. Sie schwieg. Als sie am Dienstag die entrahmte Frischmilch und die Ersatzmarken für Ausgebombte abholte, ließ sie den Angestellten so tief und so lange in ihre grünen Augen blicken, bis er ihr drei Blätter Extramarken zusteckte, für die vielen Vorräte, die sie doch sicher in den verbrannten Küchenschränken aufbewahrt gehabt hätte.

Die Stadt, die unsere Nachkommen als ihre Heimatstadt in Zukunft lieben werden, wird eine andere Stadt sein als die, die wir geliebt haben. Eines aber dürfen wir Alten mit ruhigem Gewissen wünschen: Möge es trotz aller äußerlichen Veränderungen in menschlicher Hinsicht dasselbe bleiben.

Er hatte Tränen in den Augen, als er die Zeitung zusammenfaltete und auf den Tisch legte.

Sie las am liebsten den Fortsetzungsroman. Die Familie Hernat, aus dem Flämischen, vom blinden Baron Simon, der nicht blind sein wollte, höchstens aus Liebe zu Anna Lisa. Und träumte sich manchmal durch die Anzeigen in ein anderes Leben:

Biete einer Dame, nicht unter 28, aus guter Familie, längeren Erholungsaufenthalt in ruhigem geordneten frauenlosen Gutshaushalt gegen leichte Büroarbeit. Landschaftlich schön gelegen. Ausführliche Bildzuschrift.

Tante Lina schickte den ersten persönlichen Schmerz ins Haus. Putzmacherin war sie gewesen, von allen geliebt und trotz des Übergewichts elegant und voller Lebenslust. Und plötzlich tot. Mittwochnachmittag war sie mal eben an die Luft gegangen und kurz danach auf dem Oberländer Wall von einem Baum erschlagen worden. Die beiden Bomben, die rechts und links von der Südbrücke in den Fluss fielen, wird sie noch gesehen haben, die dritte hatte den Baum vor ihr entwurzelt. Drei Minuten danach war der Fliegeralarm losgegangen. Onkel Kurt weinte und fragte: »Warum?«

Der Arzt riet ihr dringend, die Stadt zu verlassen, sofern sie das Kind überhaupt haben wollte. Sie machte sich fertig für die Reise nach Hause auf den Bauernhof ihrer Kindheit, in die östliche Heimat. Zum letzten Mal. Aber wer hätte an so etwas zu denken gewagt …

Räder rollen für den Sieg, stand auf den großen Plakaten am Bahnhof. *Hilft Deine Reise siegen? Musst Du der Front Wagenraum stehlen?!* Sie schämte sich ein bisschen, aber der Schaffner lachte, setzte sich ganz nah neben sie und sagte:

»Frauen mit Kindern sind fast genauso viel wert wie Frontsoldaten. Schwangere inbegriffen.« Seine Hand, die er dabei auf ihr Knie legte, schob sie weg und blickte mit stolzen Augen zum Fenster hinaus.

Er hatte sich in der Zwischenzeit um eine andere Bleibe gekümmert und ihr beim Heimkommen stolz die neue Wohnung präsentiert: Krefelder Straße, endlich wieder im ersten Stock, auf der *bel étage*, und eingerichtet war sie auch schon. Für Fliegerangriffgeschädigte gab es Versteigerungen von Mobiliar aus nichtarischem Besitz, aber davon wird er ihr erst viel später erzählen. Ja, es gefiel ihr, das meiste jedenfalls, und sie fing gleich an. Wischte Staub und den Boden und strich mit dem Besenstiel das Bettzeug so glatt, dass man hätte meinen können, es wäre ein Brett darundergelegt – nicht, dass er sich gleich wieder daraufsetzte, zum Schuheanziehen.

Blutungen hatte sie keine mehr.

Der September verhielt sich ruhig. Wenn sie in den Keller musste, den man jetzt Luftschutzraum nannte, ging sie langsam und gemessenen Schrittes, ihrem Zustand entsprechend. Sie lebte so gesund wie möglich. Der Herbst brachte Sturm und Regen, und sie blieb meistens zu Hause, putzte, kochte und war sich ihrer wichtigen Rolle bewusst. Wenn er heimkam und gegessen hatte, ging er zu seinen Eltern hinüber, sagte »nur für ein halbes Stündchen« und blieb bis zum Schlafengehen.

Sie begleitete ihn selten. »Was soll ich da?« hatte sie ihn gefragt und sich gewundert, dass er sie nicht verstand. Seine Mutter, eine kleine Person mit wenig Busen und dickem Bauch, beherrschte ihren noch kleineren Ehemann mit lachender Gelassenheit. Eine Kunst, die sie nie erlernen würde und auch nicht wollte. Sie fühlte sich als Dame; mehr noch: Der vor drei Generationen verkaufte Adelstitel ihrer italienischen Vorfahren und das kurze Arbeitsverhältnis als Köchin bei Frau Assessor Runge in Essen beherrschten ihre Lebensplanung, vor allem aber die dieses ungeborenen Kindes.

Die Schwiegermutter war freundlich und hilfsbereit, vielleicht ein bisschen derb in ihrer Art, aber auf keinen Fall unsympathisch. Das einzige, was sie ihr vorwerfen konnte, war, dass sie ihr damals bei der Hochzeit nicht hatte erlauben wollen, ein weißes Kleid und einen Schleier zu tragen. Bloß weil die eigene Tochter Agnes mit ihrem dicken Bauch im Kostüm hatte heiraten müssen, sollte sie das auch tun. Ein hauchdünnes Myrtenkränzchen war alles, was sie zur Braut gemacht hatte, dabei hätte sie noch ohne weiteres in weiß heiraten dürfen. Sie hatte sich schließlich reingehalten bis zur Eheschließung.

Auf dem Hochzeitsfoto sieht sie aus wie eine russische Fürstin. Stolz und aufrecht steht sie unter dem Kirchenportal, das weiße Zobelstück so lässig um den Hals gelegt, als hätte sie nie etwas anderes getragen. Der Mann neben ihr lässt sich vom Zylinder auf ihre Höhe emporziehen. Rechts und links salutieren die Kollegen in Reih und Glied; das wird ihr gefallen haben. Später im Studio hängte der Fotograf ihr ein dünnes Schleierchen über die Schulter, und schließlich sieht sie auf dem Bild doch recht glücklich aus, vielleicht auch nur zufrieden. Sie ist eine verheiratete Frau. Endlich.

Wenn sie abends alleine zu Hause saß, träumte sie vom Frieden, von einem Haus mit Garten und Gärtner, einem Chauffeur und vielleicht einem Kindermädchen, damit sie der Rolle als Dame voll und ganz gerecht werden konnte und vielleicht auch einmal so edel wirken würde wie jene Frauen mit den großen Hüten, die so elegant neben den Pferden und den Jockeys auf dem Werbeplakat fürs Erntedankrennen zu sehen waren. Da wäre sie gerne hingegangen, aber er hatte das für Zeitverschwendung gehalten und ihr statt dessen die neuen Weisheiten aus der Zeitung vorgelesen:

»*Ein selbstverständliches Gebot:*
Man streicht Velveta so aufs Brot,
das schmeckt sehr gut,
nicht nur zur Not.

»Das ist für den Alltag wichtiger«, sagte er, »als eine Herde eingebildeter Lackaffen, die hinter keuchenden Pferden herschreien.«

Die Geschichte der Familie Hernat war mittlerweile gut

ausgegangen, aber an dem neuen Fortsetzungsroman *Die Andalusierin* hatte sie keinen Gefallen finden können. Das war nicht ihre Welt. Diese Carbonera Concia, das Café Silverio, die Serrana, und wie sie alle hießen, so anders, so fremd, da konnte sie sich nicht hineindenken.

Professor Sauerbruch hatte den türkischen Außenminister operiert und den dortigen Ärzten die Fortschritte der deutschen Kriegschirurgie dargelegt.

Darauf könne man doch wohl stolz sein, sagte er, ebenso wie auf den siebten Hochzeitstag, den sie feierten, der zudem auch noch anderweitig hoch dekoriert war: Goebbels Geburtstag. Hatte sie davon gewusst?

Nein, aber das wäre wohl eher ein Grund, den Hochzeitstag zu verschieben, dachte sie und schwieg, damit die Wände nichts Falsches zu hören bekamen.

Heiligabend machte sie die Gläser mit dem Gepökelten auf, die sie von »zu Hause« mitgebracht hatte.

»Zu Hause bist du hier«, sagte er.

Sie lächelte. Dieser große Bauch verlieh ihr eine gewisse Immunität, selbst mit der winzigen Schwägerin Agnes verstand sie sich. Jede Woche bekam sie von ihr ein neues Umstandskleid geschenkt.

Er sagte: »Kannst doch froh sein, dass meine Schwester Schneiderin ist.«

Dem Schwager wollte sie gefallen. Er war der einzige in dieser kleinwüchsigen Familie, der ihren Vorstellungen von einem gutaussehenden Mann entsprach, wenn auch die Brüder daheim noch stattlicher waren und noch größer.

»Die Größe liegt ihm Kopf«, erwiderte er und streckte sich.

Zu Weihnachten hatte sie sich *Lebende alte Volksweisheit* gewünscht, ein Buch von Anni Wedekind, erschienen im Albert-Limbach-Verlag. Er hatte Elbeo-Strümpfe gekauft bei Halbreiter am Eigelstein.

»Ist nicht meine Farbe«, sagte sie und holte sich einen Gutschein für später …

Silvester feierten sie alle zusammen, und um Mitternacht trank sie Sekt. Der verschaffte ihr Flügel. Wollte sie gleich ausprobieren, daheim, oben im ersten Stock, und lehnte sich weit aus dem Fenster. Er griff nach ihren Beinen und hielt sie zurück.

»Mein Gott«, sagte er, »bist du denn ganz verrückt geworden?!«

Sie lachte nur, drehte sich im Kreis, so lange, bis ihr schwindelig wurde und sie aufs Bett fiel. Was meinte er, wenn er »ganz verrückt« sagte? Glaubte er, dass sie schon halb verrückt gewesen war, vorher?

Nach den siebzehn Toten im Januar hoffte sie, der Februar werde Rücksicht nehmen auf sie und das Kind, das bald zur Welt kommen sollte, aber gleich am zweiten krachte es wieder gewaltig, und ab dem vierzehnten kamen die Einschläge immer näher. Vielleicht würde es ihr gehen wie schon so vielen vor ihr: Das Kind gebären und gleich danach mit ihm zusammen sterben. Im Himmel vereint, dachte sie und lächelte.

»Wollt ihr den totalen Krieg?!« schrie Goebbels aus dem Lautsprecher des Volksempfängers, und die italienischen Berichterstatter, die im Berliner Sportpalast anwesend waren, zeigten sich anschließend tief beeindruckt.

Ihr wurde schlecht. »Es geht los!« schrie sie, und er bekam Bauchkrämpfe. Der Koffer war längst gepackt. Als der Krankenwagen vor dem Haus hielt, ging sie in aufrechter Haltung zur Tür hinaus.

»Schon vierunddreißig«, sagte die Hebamme mit einem dunklen Unterton. »Ziemlich alt für eine Erstgebärende.«

»Erst im Juni«, erwiderte sie, »erst im Juni werde ich vierunddreißig« und lächelte, so jung es ging.

»Na, dann wollen wir mal.« Die Hebamme horchte den Bauch ab. »Wenn Sie sich beeilen, wird es vielleicht noch ein kleiner Wassermann.«

Er hatte zwei der guten Reichsklassenlose gekauft. Mit denen winkte er beim Reinkommen und lachte.

»Wirst sehen, am 16. oder spätestens 17. April gehöre ich zu den Gewinnern, damit unser Kind bei wohlhabenden Eltern aufwachsen kann« und legte ihr die neue Zeitung auf die Bettdecke.

Die Berlinische Lebensversicherung wirkt schon im zweiten Jahrhundert ...

Sie starrte auf die Überschrift und dachte: Das Sterben wird dadurch auch nicht weniger.

Später griff sie noch einmal nach den Blättern.

Eine Freifrau von Redwitz bot ihre diskreten Dienste an. Glückliche Ehen seien immer noch möglich, schrieb sie, vor allem wenn sie, die Freifrau von Redwitz, durch ihre umfangreichen Beziehungen zu ländlichen Kreisen in allen Gauen die Grundlage hierzu schaffe.

Wäre eine solche vermittelte Verbindung womöglich besser gewesen als ihre, die einer zufälligen Flurbegegnung entsprungen war?

Auch am Montag war er wieder umsonst gekommen oder nur, um ihr eine neue Zeitung zu bringen.

»Du siehst erschöpft aus«, sagte er. »Wie lange musst du denn noch?«

Sie stöhnte unter der Wehe, die wie eine Welle über sie hinwegschwappte.

Einer sucht eine italienische Geige mit Garantie. Wofür? Ein Oberleutnant wünscht sich einen Offiziers-Leder- oder -Tuchmantel, Gr. 180. Und wofür, in Gottes Namen, braucht jemand heutzutage einen gut erhaltenen leichten Jagdwagen und Pferdegeschirr dazu?

»Schwester«, rief sie und warf die Zeitung zu Boden, »ich kann nicht mehr! Wenn das Kind rauskommt, bin ich zu schwach für die Presswehen.«

»Woher wollen Sie das denn wissen?« sagte die Schwester. »Ist doch Ihr erstes Kind!«

Am Abend lag sie noch immer im Kreißsaal, blass und zitternd, mit Schweiß auf der Stirn.

»Kindermachen ist angenehmer«, sagte die Hebamme. »Wenn die Männer das Kinderkriegen durchmachen müssten, gäbe es echte Nachwuchssorgen für unser Volk. Aber Sie sind doch eine deutsche Frau! Also stellen Sie sich nicht so an!«

Das Horchrohr schob sich über den Bauch, von einer Seite zur anderen, von oben nach unten, hin und her, bis die

Schwester sich aufrichtete und nach dem Doktor rief, weil sie kein Kinderherz mehr schlagen hörte im Bauch dieser deutschen Frau.

Sie kamen zu dritt. Sie spritzten und tropften und horchten und drückten und zogen und zerrten. Dann sahen sie sich an, zuckten mit den Schultern und sagten: »Zu spät! Keine Hoffnung mehr, zu lange gewartet, zu lange gebraucht. Das Kind ist wohl schon tot, war nicht mehr lebend ins Leben zu holen gewesen. Tut uns leid, vielleicht beim nächsten Mal.« Drehten sich um, gingen zum Becken und wuschen sich ihre Handflächen und jeden der Finger einzeln.

Aus. Schon wieder ein Kind, das sich scheute, in diese Landschaft hineingeboren zu werden. Sie hatte es nicht geschafft, erneut versagt. Was würde der Mann dazu sagen? Sie sah zum Fenster, das verdunkelt war und still, so still wie das leblose Kind. Eine tiefe Verzweiflung kroch aus ihrem Herzen, hinauf in den Hals, in die Augen …

Als sie zu weinen anfing, begann das Kind zu schreien, gegen alle Vernunft und medizinische Wahrheit. Die Ärzte blieben skeptisch, schüttelten ihre Köpfe, wollten nicht glauben, was sie sahen und hörten, und schüttelten ihr dennoch die Hand.

»Gratulation! Ist ja doch noch mal gutgegangen.«

Als das kleine Mädchen in ihrem Arm lag, glaubte sie wieder an Gott und sogar an den Frieden, irgendwann.

»Jetzt ist es doch ein Fisch geworden«, sagte die Hebamme, »aber macht nichts; die haben auch ihren Platz in der Welt.«

Weißen Flieder hatte er ihr geschenkt, Flieder im Februar! Wusste sie, wieviel der kostete?

Er stand an ihrem Bett, hielt ihre Hand und weinte.

»Vor Glück«, sagte er, »ich bin so stolz auf dich.«

Sie hatte die Finger und Zehen gezählt. Nichts fehlte.

Gut schmeckt der Brei aus Kindernahrung, das weiß die Mutter aus Erfahrung, auf kleiner Flamme koch den Brei, dann sparst du Kohle und Gas dabei.

Als sie das Wort Mutter gelesen hatte, war es ihr kalt den Rücken hinuntergelaufen.

Bewahren heißt überwinden, sich und das Schicksal. Diesen

Satz hatte sie anstreichen wollen und war dann doch nicht sicher gewesen, ob es für sie Geltung haben würde.

Dass die Friseure keine Dauerwellen mehr machen durften, machte ihr nichts aus. Ihre Locken waren echt wie alles andere auch. Sie schminkte sich nicht, sie rauchte nicht, und sie war sittsam und treu, genau so, wie es sich für eine deutsche Frau gehörte.

Die Nacht war sternenklar und so friedlich, dass ihr der plötzliche Alarm wie eine böse Traumversion vorkam. Später im Keller zwischen den schwatzenden Wöchnerinnen saß sie sehr gerade und schwieg, bis die Schreckenskunde durch die Mauern tropfte: Der Heizungskeller – dort, wo die Kinder zu ihrem Schutz gelagert waren – wäre getroffen, die Rohre geplatzt, das heiße Wasser über die Bettchen geflossen, die Kinder verbrüht bei lebendigem Leibe und alle tot.

Sie sprang hoch: »Mein Kind!« schrie sie. »Wo ist mein Kind?«

Eines der nassen Bündel legten sie in ihren Arm. Darin kauerte ein stilles Gesicht mit stummen Lippen und Augen, aus denen Verzweiflung schrie und das Wissen um Sterben und Tod.

Sie wollte heim, sofort, keine Nacht mehr dableiben in diesem Chaos.

Von nun an trugen sie das Bett mit dem Kind in den Keller hinunter, Nacht für Nacht, und wenn es draußen krachte und barst und die Erde unter ihren Füßen bebte, beugten sie sich über das Kind, der Mann von rechts und die Frau von links, damit sie auch im Sterben zusammenblieben.

Sie starben nicht. Weder in dieser Nacht noch in der nächsten und auch nicht bei allen folgenden. Das Kind lag in seinem Bettchen, wach, wie erstarrt und weinte sich vom Morgen an durch den Tag.

»Vor Aufregung«, sagte die Frau.

»Vor Hunger«, sagte die Großmutter.

Und hatten wohl beide recht.

Dreimal schon war der Kaplan ins Haus gekommen, hatte in der Küche auf der Stuhlkante gesessen und ihr ins Gewissen geredet. Schon dass sie ihren Mann zu einer protestantischen Trauung verführt habe, sei Sünde gewesen, aber nun könne sie alles wieder gut machen, wenn sie dieses Kind im wahren Glauben der einzig katholischen Kirche aufwachsen lasse. Wann sie mit ihrem Mann zum Taufgespräch bereit sei, wollte er wissen.

»Der sollte sich was schämen«, sagte der Mann am Abend, »immer kommt er, wenn ich nicht da bin. Mich haben sie gleich rausgeschmissen, nur weil ich mit einer Protestantin verheiratet bin, und da sollen sie doch nicht glauben, dass ich ihnen jetzt so einfach mein Kind in den Rachen schmeiße.«

Zwei Tage danach war die Entscheidung gefallen. Der evangelische Pfarrer freute sich auf dieses neue Schäflein in seiner Gemeinde und setzte auch gleich den Tauftermin fest.

Helene, sagte die Frau, werde das Kind heißen, damit es fromm werde und gut; der Mann hielt Karoline für richtig, zum Andenken an seine tote Tante; die Großmutter schlug Marianne vor, wegen der Frau des französischen Offiziers, der sie damals in den Arm genommen hatte, die so hieß und der sie ähnlich gewesen sein sollte; und Opa Johann wäre gerne mit Ida an seine erste Liebe erinnert worden. Agnes aber war sicher, dass nur die Muttergottes und ihr heiliger Name diesem Kind und seinem Leben zum Schutz dienen könnte.

Zwei Tage vor der Taufe war noch nichts geklärt. Schließlich errang die Frau in letzter Minute einen vermeintlichen Sieg mit Helene, und als der Mann beim Amt die Karoline als Zweitnamen hinterher schob, hatte sie nichts dagegen. Unter Helene Karoline wurde das Kind schließlich in die bürgerliche Gemeinschaft aufgenommen. Aus unerklärlichen Gründen jedoch war später der Strich für die Kenntlichmachung des Rufnamens unter den Ersatznamen geraten, und als der Pfarrer schließlich das Wassertröpfchen über den Kinderkopf träufelte und dabei »So taufe ich dich auf den Namen Karoline« sagte, da wagte selbst die Frau keinen Protest. Nur der Mann flüsterte »Na, so was« und schien über alle Maßen erstaunt.

Terrorangriff stand jetzt über den Todesanzeigen. In den Polizeiberichten waren die Toten und Verletzten namentlich aufgeführt und den Feldsoldaten zur Seite gestellt, denn von nun an wurden auch die Daheimgebliebenen zu Verwundeten oder Gefallenen, und darunter stand der Wetterbericht, damit später das Wieso und Warum genau rekonstruierbar wäre. *Später*, von dem sie noch immer in Farben träumten.

Der Mann hielt sich noch gerader. Endlich war er gleichgestellt. Eine Uniform trug er ja längst, wenn auch die der Bahnpolizei, aber die Abzeichen auf den Schultern, die blanken Knöpfe machten ihn zu einem, vor dem man hätte strammstehen können.

Im April wurde eine stolze Statistik erhoben: Von den 3541 schweren Schäden waren schon 99 beseitigt.

Deutschland führe diesen Krieg um sein Lebensrecht, ein Verteidigungskrieg sei es, dem deutschen Volk von seinen Feinden aufgezwungen.

Gab es Menschen, die so etwas glaubten?

Alles kann möglich sein, nur nicht, dass wir kapitulieren, hieß es weiter in den kreischenden Berichten aus dem Propagandaministerium.

Nein, das Kind kapitulierte nicht. Es schrie, schrie um sein Leben, noch schrie es. Die Muttermilchquelle machte nie satt, aber davon wollte die Frau nichts wissen. Sie stillte, weil es das Beste sei, hatte die Schwester im Krankenhaus gesagt.

Der große Schwager Peter feierte seinen Namenstag. Es gab Kartoffelsalat und die letzte Flasche Moselwein. Bis Mitternacht blieben sie wach, nur das Kind war im Arm eingeschlafen. Hatte vom Mondamin-Pudding zu schmecken bekommen. War zum ersten Mal satt geworden.

Diese Nacht hatte der Toten zu viele, als dass man ihre Namen in den Berichten hätte einzeln nennen können. Auf den qualmenden Straßen lagen sie, aus den hohläugigen Häusern streckten sie ihre Füße, viele Tage vergingen, ehe das, was von ihnen übriggeblieben war, irgendwo aufgebahrt werden konnte, in Leichen-, Turn- und Reithallen. Männer, Frauen und Kinder, kleine und große, und eines, soeben aus der Mutter in die Welt geschoben und noch an der Nabelschnur mit ihr zusammen erstickt.

Noch immer fraß sich das Feuer in hungriger Lust durch Mauern und Dächer, noch immer krochen die Flammen suchend umher. Die Stadt hörte nicht auf zu verbrennen. Dem Kind in dem blauen Korbwagen, den die Frau durch die rauchverhangenen Straßen schob, biss der Qualm in die Augen, das Sterben klang schrill, und der Tod roch messerscharf. Keuchend schleppte sich die Luft über Schutt und Häuserreste, und die stille Verzweifelung, die aus den leeren Fensterhöhlen strömte, kroch dem Kind mitten ins Herz hinein. Nichts wusste es von den 158 000 Brandbomben, nichts davon, was Krieg war, oder vielleicht eher nichts davon, was Frieden sein könnte, denn davon hatte es noch nichts gespürt in diesen vier Monaten seines Lebens. Nur die Angst grub sich mit jedem Atemzug tiefer in die Seele hinein.

In jener Nacht starben 4377 Menschen in dieser Stadt.

Zu ihrem Gedenken flatterten die Fahnen im Sonnenlicht, als sollte ein Festakt beginnen. Das Glockenläuten hatte sich schnell mit den Salutschüssen der Wehrmacht vermischt, als Generäle und Gauleiter die Fronten der Ehrenformation abschritten. Anschließend standen sie auf den Rednertribünen und versuchten mit großen Worten den Schmerz aus den Herzen zu jagen. Der aber hielt sich fest und brannte weiter, genau wie das Feuer in den Ruinen rundum. Erst der Trauermarsch aus der Götterdämmerung, gespielt von den vereinigten städtischen Orchestern der beiden Nachbarorte, löste so etwas wie eine wohlige Erschütterung aus. Fast hatten sie vergessen, warum sie hier standen, aber als schließlich einer nach dem anderen das Verdienstkreuz mit Schwertern für seine toten Angehörigen überreicht bekam, da schob sich »tatsächlich so eine kleine Spur Stolz« über die Trauer, erzählte der Mann, als er heimkam.

Als Goebbels am 8. Juli die Stadt besuchte, hatte er erfreut festgestellt, dass die Bevölkerung in unbeugsamer Haltung dem Terror Widerstand entgegenstellte …

Musste das Kind gehen, weil es keinen Widerstand leisten wollte?

Noch immer saugte es sich die Lippen wund für die paar Tropfen Milch, die die Brust der Frau hergab. Danach schrie es weiter, bis die Großmutter den Griespudding brachte und das Kind trotz der mütterlichen Proteste damit fütterte. Als es endlich satt war und zufrieden einschlief, weinte die Frau, und der Mann, als er heimkam, rannte gleich hinüber zu seinen Eltern, schimpfte, dass seine Mutter sich nicht einmischen sollte, und verbot sich das, wollte von einer solchen Bevormundung in Zukunft nie mehr hören! Knallte die Tür zu und war weg.

Am nächsten Morgen zogen die Frau und das Kind aus der Stadt hinaus.

Der Mann fuhr mit. »Als Begleitung«, sagte er, »und damit ich weiß, wo meine Familie von nun an zu finden ist.« Wollte gleich am Abend wieder heimfahren, zurück in die Stadt, in seine Wohnung, zu seinen Eltern gehen, seine Mutter in den Arm nehmen: Entschuldige, hab' ich nicht so gemeint.

»Bleib«, sagte die Frau, »bitte, bleib diese erste Nacht mit uns zusammen. Ich fühle mich sonst so allein.«

So etwas sagte sie nicht oft. Er blieb, nahm erst den Mittagszug und war abends schon wieder da.

»Alle tot«, sagte er, »alle tot.« Auf dem Bürgersteig hätten sie gelegen, ganz still, als ob sie schliefen.

Ohne Gruß und ohne Wort
geh nie von deinen Eltern fort.

Auch das Haus in der Krefelder Straße mit der schönen Wohnung auf der ersten Etage war zerstört. Das Kinderbett verbrannt, der Küchenschrank verkohlt, der Garderobenspiegel, den sie noch blank poliert hatte zuvor, zersplittert, tausendfach.

Ein Sommertag, der dem Leben die Weichen stellte.

Wie es dem Herrn gefallen hat, so ist es geschehen. Der Name des Herrn sei gebenedeiet, so steht es geschrieben auf der Rückseite des Totenblättchens, das er bei der Buchdruckerei

Kniepers in Mayen in Auftrag gegeben hatte. Innen links die fünf ovalen kleinen Bilder mit den Namen. Auch die Kusine Erika mit dem Bubikopf und der weißen Haarschleife gegenüber dem Scheitel ist dabei. So ernst, so wissend die großen Augen im Kindergesicht.

Wer hätte das von Euch gedacht,
dass Ihr so früh zur Ruh gebracht.
Wir durften Euch nicht sterben seh'n
und können nun am Grabe steh'n.
Nun ruht Ihr schon in kühler Erde,
von uns sollt Ihr nie vergessen werden!

Wer hatte sich das ausgedacht? Er selbst? Oder war es der oder einer der Standardsprüche, die man damals über solche Anzeigen schrieb?

Jesus! Maria! Josef! steht fettgedruckt darüber und daneben das Kreuz mit dem innenliegenden Zeitgeistkreuz. Hatte er auch das gewollt? Oder konnte er sich dessen nur nicht erwähren? Mitgefangen, mitgehangen.

Zum frommen Andenken: Bei dem Terrorangriff in der Nacht zum 9. Juli wurden unsere Lieben durch den Tod entrissen.
Unter den Namen der trauernden Hinterbliebenen – drei sind es: er, der Schwager Peter und der Sohn der toten Tante, dessen Vater ja schon lange tot war.

Bete für sie, sie starben auch für Dich!

Die Terrorangriffe der Feinde bei dem sie in den Tod gerissen worden sind, genügt das nicht? Warum wollen sie jetzt auch mich noch dort hineinziehen? Warum sollten sie für mich gestorben sein? Wozu? Was hab' ich denn getan? Nein, ich will das nicht, ich will mich nicht auch noch hierfür verantwortlich fühlen, schuldig sein ... nein, es reicht schon, dass der Herr Jesus für mich hat sterben müssen. Auf dem Deckblatt liegt er leblos in den Armen seiner Mutter, deren Brust von vielen Dolchen durchbohrt wird.

Schmerzhafte Muttergottes von Weinfeld, bitte für uns und die armen Seelen.

Er hatte einen formgerechten Freistellungsantrag an seinen Gruppenleiter gerichtet, und nach dessen pflichtgemäßem

Ermessen und unter Würdigung seiner schweren Lage war er schließlich – unter Fortzahlung seines Gehaltes – für die Ausnahmezeit von zwei Wochen beurlaubt worden. Aber gleich am nächsten Morgen fuhr er zurück in die Stadt, um die Lebensmittelmarken für den 52. Versorgungsabschnitt im Allianzgebäude auf dem Kaiser-Wilhelm-Ring abzuholen. Im Haushaltsnachweisformular hatte er als korrekter Beamter auch gleich der Wahrheit entsprechend nur noch sich selbst als in der Stadt lebender Berechtigter eingetragen.

Sie sagte: »Als ob das einer gemerkt hätte.«

Über einer Gastwirtschaft wohnte sie jetzt mit dem Kind. Keine Bombenalarme, keine nächtlichen Kelleraufenthalte. Sie erholte sich schnell, vom Stillen wollte sie nichts mehr wissen. Das Kind aß Brei, trank Kuhmilch und lernte am Schanktresen laufen.

Er bezog ein möbliertes Zimmer auf der Neusser Straße 321, dritter Stock im Hinterhaus, und kam sonntags zu Besuch.

Die Mondamingesellschaft schickte wieder gute Tipps:

Den Groschen zehnmal umdrehen, ehe man ihn ausgibt, tun sparsame und geizige Leute. Aber heute muss man mit anderen Dingen auch sparsam umgehen, so z. B. mit dem blütenweißen Mondamin, da soll man den Löffel auch besser zehnmal umdrehen, ehe man ihn auf eine Speise gibt, und bloß nicht nach Gutdünken, sondern 5 Gramm = ein gestrichener Teelöffel, 10 Gramm = ein gestrichener Esslöffel.

Einmal hatte er seine Lebensmittelmarken gegen eine Sieben-Tage-Wochenkarte eingetauscht, damit konnte er an der NSV-Ersatzküchenverpflegung für Berufstätige teilnehmen, aber die Soßen waren ihm zu braun gewesen, und so war er doch lieber wieder auf Eigenverpflegung umgestiegen.

»Irgendwann werde ich wieder für dich kochen«, versprach ihm die Frau.

Seit Dezember gab es eine neue Widerstandsgruppe. In manchen Betrieben fanden sich Mitarbeiter bereit, deren Ziele zu unterstützen. Bei seinem Weihnachtsbesuch brachte er ein Flugblatt mit, auf dem stand: *Arbeiter und Soldaten!*

Keine Stunde für den Krieg. Geht nicht zur Front, Kämpft mit uns für den Frieden. Für die Freiheit, für die Volksfront. Gegen die Nazis.

Ihn hatten sie auch angesprochen, aber er hatte abgelehnt Mit Kommunisten oder Aufwieglern wollte er nichts zu tun haben. Als Beamter, sagte er, könnte er sich keinen Widerstand leisten, und steckte das Blatt durch die offene Ofentür ins lodernde Feuer.

Jedes Mal, wenn er zu Besuch kam, packte er Zeitungsausschnitte aus, sortierte sie auf dem Tisch und las daraus vor. *Für die Trockenheit der Nase wurde Klosterfrau Schnupfpulver empfohlen, und die Schuhsohlen sollten mit Soliti geschützt werden, da bekäme man keine nassen Füße. Zur Aktion ›Sieg über den Kohlenklau‹ gehörte der Artikel über Burnus, der Haushaltsreiniger, der jetzt nicht mehr so ausreichend zur Verfügung stand, dass er für alle Wäsche und für allen Schmutz ausreichen würde, sollte deshalb nur für die allerschmutzigsten Wäschestücke gebraucht werden, damit die nicht zu lange gekocht oder zu sehr geschrubbt werden müssten. Man erreiche damit, worauf es heute ankäme: Wäscheschonung.*

»Sieg über den Kohlenklau«, sagte die Frau und wischte über den Herd. »Worüber die alles siegen wollen heutzutage.«

Nur einmal lachte sie; da hatte er die Anzeige vorgelesen, wo jemand eine Schießbude mit allem Zubehör günstig verkaufen wollte. »Da könnte man ja ganz Deutschland verhökern«, sagte sie, nahm alle Zeitungsblätter, legte sie übereinander und schnitt sie in gleiche Stücke als Vorrat fürs Klo.

Eines Tages hatte sie wieder den Koffer in der Hand und den Pelzmantel am Körper. Es war Februar, da konnte man so etwas gebrauchen. Im August hätte sie ihn auch angezogen; er war schließlich das Wertvollste, was sie besaß.

Der Mann trug das Kind und die Tasche über eine lange Straße bis zum Bahnhof, die Treppe hoch auf den Bahnsteig, wo ein zögerlicher Zug einlief, nicht sicher, ob sich das Anhalten lohnte. Wie Trauben hingen die Menschen aus Fenstern und Türen heraus, ein paar klebten auf den

Dächern wie Abziehbilder. Mit einem Halt verschwendete der Zug seine Zeit, niemand wollte aussteigen, und niemand passte hinein, das konnte jeder sehen, das musste jeder verstehen ... aber gerade das wollte der Mann nicht glauben: Zwei Erwachsene, das Kind und der Koffer, das wird doch wohl noch gehen, und reichte schon mal den Koffer durchs Fenster und das Kind gleich hinterher.

»Papa, warum schmeißt du mich weg? Mama, warum hilfst du mir nicht? Willst du mich loswerden, weil ich nicht so artig bin, wie du mich haben möchtest? Ich habe Angst, Mama, ich will wieder raus, auf deinen Arm! Mama! MAMA!!!«

Quer über die kantigen Koffer hatten sie das zappelnde Kind gelegt, an Armen und Beinen hielten sie es fest: »Deine Eltern kommen ja gleich«, murmelten ihre schiefen Mäuler, aber wer könnte noch daran glauben.

Der Zug war wieder losgefahren, hastig, als schämte er sich für diesen nutzlosen Halt, die Eltern standen auf dem Bahnsteig, winkten zum Abschied. Das Kind schrie nicht mehr, zusammengekrümmt lag es zwischen den schwitzenden Leibern, das Herz war schon davongelaufen und hatte die Hoffnung gleich mitgenommen.

Da tauchte zwischen allen fremden Köpfen das Muttergesicht hervor; auf dem Trittbrett stand sie, zuerst unten, dann oben, nun sprang der Mann dahinter, hielt sich rechts und links an den Stangen fest. Der Zug hatte schon wieder ziemlich viel Fahrt, schob die Frau mit dem Bauch weiter nach innen, und als sie kopfüber im Wagen hing, drängte auch er hinein. Nach einer Weile waren sie wieder zusammen, der Mann, die Frau, der Koffer, das Kind.

Die Frau nahm das Kind in den Arm und strich seine Locken glatt.

Der Mann sagte: »Es ist alles gutgegangen. Von nun an darfst du keine Angst mehr haben.«

Auch nicht am Mittag auf der Landstraße, als die Mutter so erschöpft ist, keinen Schritt mehr weitergehen kann, der Vater sich mitten auf die Fahrbahn stellt, ein Auto anhalten will und erst im letzten Augenblick in den Graben springt, auch da muss die Angst in den Sack gesteckt werden, zugebunden und stillgehalten, so sehr sie auch zappelt und um sich schlägt, lächeln dabei und lieb sein und brav bleiben und artig, das klopfende Herz hinunterschlucken, damit keiner merkt, wie es rennt und rennt und rennt.

Die Bäuerin sagte »Tag«, und der Bauer zeigte die Zimmer: »Das Große hier unten und oben ein kleines dazu.« Dreimal hatte er sich verbeugt, weil die Frau mit dem Pelzmantel so vornehm aussah. Von seinen Komplimenten beflügelt, wuchs sie weit über sich selbst und ihre eigenen Bedürfnisse hinaus, so weit, dass sie augenblicklich auf das große Zimmer verzichtete. Das kleine unterm Dach mit der schrägen Wand wäre reichlich und genug für sie und das Kind, ihr Mann käme ja nur zu Besuch. Der zuckte die Schulter und schwieg.

Überschwänglich bedankte sich der Bauer, verbeugte sich wieder und wieder, und die Bäuerin konnte sich nicht fassen vor Glück, kam gleich am nächsten Morgen über die steile Treppe hochgestiegen, brachte vom Vorgarten Schneeglöckchen mit und das Glas Milch aus der Küche und gratulierte dem Kind zum Geburtstag.

Schon zwei Jahre gelebt und noch immer nicht tot, und immer weniger Gelegenheit zum Sterben.

Vom Krieg war nichts mehr zu sehen, nur das Radio schrie dann und wann seinen Namen. Allerdings war der Friede auch nur halb so groß wie erwartet, und als er endlich ankam, hätte man ihn fast nicht erkannt. Ob er für immer dabliebe wie die Mama, hatte das Kind wissen wollen, oder gleich wieder fortführe wie der Papa – aber der hatte nur gelacht, dem Kind über den Kopf gestrichelt und gemeint, dass es für ihn höchste Zeit werde. War zum Hof hinuntergegangen, hatte sich die graue Stallhose angezogen, darüber das schmutzige Flickenhemd aus dem Schuppen gehängt und seinen halbkahlen Schädel mit der Schlägerkappe beschützt, die dem Opa gehörte, der in seiner Kammer lag und die Ankunft des Friedens verschlief. Dermaßen verkleidet stand er danach breitbeinig vor dem Misthaufen und stach mit der dreifach gezinkten Gabel vom Kuhstall so heftig darin herum, als wäre darunter ein Goldbarren versteckt.

Kurz zuvor hatte er sich dem Obersturmführer Hellmann in den Weg gestellt und ihn, der durchs Dorf lief und den Befehl zum Durchhalten gab, überreden können, endlich aufzugeben, ein weißes Bettlaken vors Fenster zu hängen und sein Gewehr im Feuerwehrteich zu versenken. Schließlich waren auch die meisten anderen zur Einsicht gelangt, und so schien auch dieses kleine Dorf im Taunus überwiegend friedensbereit, als die ersten Panzer übers holprige Pflaster dröhnten.

»He, farmer«, riefen die fremden Männer, »soldiers in house?«

»No«, sagte der Mann, »no soldats.« Und grub weiter im Mist. Seine Uniform hatte er im Ofenkasten versteckt, tief unter der glühenden Asche, obwohl die Frau protestierte, jeder könne doch sehen, dass dies eine Bahnpolizeiuniform sei und kein Soldatenrock, und außerdem hätte der Stoff sicher für ein hübsches Kostüm gereicht … Doch der Mann war nicht umzustimmen gewesen. »Kein Risiko«, hatte er gesagt. »Sicher ist sicher.«

Wenn die fremden Soldaten mehr Zeit gehabt hätten, wäre ihnen aufgefallen, dass die Hände des Mannes am Misthaufen zu gepflegt waren für einen fleißigen Bauern. Aber sie waren ja längst schon im Haus, polterten durch Küche und Wohnraum, wo die Bäuerin mit Mann und Kindern zu Mittag aß, stampften in den Keller, schauten hinter die schwarzen Kohlen und unter die Kartoffelberge und kamen erst ganz zuletzt in die kleine Stube unterm Dach, wo die Frau mit dem Kind auf dem Bett saß, Märchen erzählend.

Einer der Männer griff das Kind, hielt es hoch, küsste seine Locken und seine Stirn und drückte ihm einen gelben Ball in die Hand, der Orange hieß, fremd roch und geheimnisvoll.

Die Frau war später sehr erstaunt gewesen, dass das Kind keine Angst gehabt hatte, und das Kind eher darüber, dass nichts von des Mannes schwarzer Farbe auf seiner Haut kleben geblieben war.

Die Leica war unterm Bettzeug versteckt gewesen, aber der Feldstecher, den der Mann in aller Eile nur so auf den Tisch gelegt hatte, als er, durchs Flurfenster den Aufmarsch beobachtend, merkte, dass es für ihn Zeit wurde – dieser Feldstecher war weg.

»Geklaut!« sagte er. »Diese Spitzbuben«!

Die Frau begann die Apfelsine zu schälen. Das Kind lachte, als sie ihm ein Stück davon in den Mund steckte. Es schien den Frieden zu mögen.

Als der Mann sich wieder auf den Weg machte, drückte ihm die Frau einen Brief in die Hand:

Lieber Papa,

Gleich wo Du auch sein mögest, vergiß uns nicht. Wir beide werden immer an Dich denken und auf Dich warten. Und am Abend, gleich wo Du dich zur Ruhe legen wirst – laß das Vater-Unser-Gebet unsere Gedanken zusammenführen. In diesem Sinne werde ich mich heute von Dir trennen. Es ist mir so schwer, ich kann so nicht zu Dir sprechen.

Nun bleibe Gott befohlen auf ein baldiges Wiedersehen!

Deine liebe Frau und Dein kl. Karolinchen

Beim nächsten Besuch waren seine Hände aufgerissen und wund.

»Vom Sühnedienst«, sagte er.

»Hättest besser vorher die Finger davon gelassen«, antwortete die Frau. »Parteimitglied! Jetzt siehst du, was du davon hast.«

Er seufzte: »Ja, wenn man damals gewusst hätte, was man heute weiß …«

Sie ließ den Speck ausbraten und schnitt die Kartoffeln in Scheiben. Im Teller daneben hatte sie drei Eier bereitgelegt. Dem Mann lief das Wasser im Mund zusammen. Das, sagte er, sei was anderes als seine sonstige Tagesration von drei Möhrchen, für die er meistens auch noch stundenlang anstehen müsste.

Als er Sonntagabend fortging, trug er viel schwerer an seinem Koffer. Die Frau hatte für ihn Kartoffeln und Zuckerrüben geklaut.

III

MITTWOCHS WILL ICH FÜNF WERDEN, weil mittwochs die Woche geteilt wird, »mittendurch wie der Mantel vom heiligen Martin«, hat der Vater erzählt; jedoch, sagt die Mutter, Geburtstage könnten nicht sein, wann man will, und dieser sei nun mal am Donnerstag.

»Warum?«

»Darum!«

Es ist still, als ich erwache, das Zimmer zugeschüttet mit einer Dunkelheit, die ich hätte fühlen können, wenn ich meine Hand hinausstreckte … Nein, ich halte sie lieber unter der Decke, dicht am Arm der Mutter, die neben mir liegt wie am Abend vorher beim Einschlafen, löffelchensweise, und keiner darf mehr was sagen, kein Sterbenswörtchen, der Mund wird zugeschlossen.

Und jetzt? Kann nur sie ihn wieder öffnen?

Ich darf sie nicht wecken, sie braucht ihren Schlaf. Woher soll sie sonst Kräfte schöpfen für alles?

Beim nächsten Mal Aufwachen ist es hell, aber immer noch still. Zu still für einen Donnerstag, hat vom Sonntag den Mantel geklaut, schleicht damit strahlend ums Haus und hält darunter die blitzenden Klingen verborgen. Ein verlogener Tag.

Lüge heißt noch kein Wort in mir, ich glaube allem Anschein und beginne den Morgen, wie ich soll: Beine vom Betttuch und dreimal in die Hände geklatscht, damit die Mutter sich freut, weil ich mich so freue, schreie Juchhu!, so laut, dass auf den Lippen das Schloss zerbricht, die Mutter den Topf aus den Fingern verliert und die Milch, die sie darin hat wärmen wollen, über den Herd fließt, über den Boden und von da unter den Kohlenkasten.

»Verdammt noch mal«, ruft die Mutter, »so ein Mist! Gerade heute, an deinem Geburtstag, wo der Papa kommt, und Milchmarken haben wir auch keine mehr.«

Gleich bin ich wieder unter die Decke gerutscht aus Angst vor dem Feuerregen, der das Fluchen bestraft.

Die Mutter lacht. »Der Feuerregen«, sagt sie, »das ist auch so eine katholische Erfindung, genau wie der Martin und sein Mantel. Mit der Woche oder dem Mittwoch hat das nämlich überhaupt nichts zu tun.«

Aber der Vater lügt doch nicht.

Hoffentlich ist ihr Lachen schneller gewesen und laut genug, um das schlimme Wort vom Himmelstor zu verdrängen.

Sie geht zu den drei kleinen Fenstern, da, wo am Heiligabend das Christkind mit den Flügeln hängengeblieben ist – und wenn der Vater nicht so laut »Dableiben, dableiben!« gerufen hätte, wäre ich ihm womöglich begegnet, leibhaftig, von Angesicht zu Angesicht.

Sie öffnet alle. Dann kommt sie ans Bett und nimmt mich in die Arme.

Das ist wie *Breit aus die Flügel beide*, kein Satan kann mich verschlingen, kein Feuerregen verbrennen. Ich drücke mein Gesicht an ihre weiche Brust. Sie schiebt mich weg. Ihren Busen will sie nur für sich allein. Sie versteckt ihn unter Hemden und Jacken, und wenn sie sich auszieht, dreht sie sich um.

»Warte nur, bis du groß bist«, sagt sie, »dann bekommst du auch solche Brüste, eigene, nur für dich alleine.«

»Wann bin ich groß?«

Das weiß nicht mal Ulrich, und der ist schon elf, fast mein Bruder, und wenn ich groß bin, mein Mann, denn auf der

Tenne beim Kartoffelentkeimen ist mir die Erkenntnis gekommen: Ich werde mal eine Frau und Ulrich ein Mann. Insofern passen wir gut zusammen.

Ulrich hatte genickt und weitergepult und mir am nächsten Tag Schleifenbinden beigebracht. Jetzt kann ich meine Schuhe ganz alleine zumachen. Ich habe welche, die sind braun und glänzend und weit.

Jetzt kommt Ulrich herein, atemlos und ganz rot im Gesicht, sagt »Herzlichen Glückwunsch!« und legt ein Päckchen aufs Bett.

»Ein Kamm würde dir guttun«, lacht die Mutter und schiebt ihm die schwarzen Locken von der Stirn. Aus dem Packpapier wickele ich eine Schiefertafel, sauber gewischt und nur einmal gesprungen.

»... damit kann ich Schularbeiten machen wie du.«

Die Mutter war rausgegangen, runter zum Hof an die Wasserpumpe, wollte die übriggebliebene Milch verlängern. Ich springe aus dem Bett, hocke mich auf den Boden, ziehe Strümpfe an und Schuhe und binde wunderschöne Schleifen, damit der Junge sich freut und mich lobt, aber schon ist die Mutter wieder da, knallt den Topf auf den Herd und zieht mir das Nachthemd über die Knie. »Ein anständiges Mädchen sitzt nicht so da«, sagt sie, und ich presse die Beine fest gegeneinander, damit niemand dazwischengucken kann und sehen, was nicht gesehen werden darf.

Der Junge rennt weg, will nach einem Griffel suchen, hat die Schleifen gar nicht bemerkt. Über die drei Eier, die er uns dagelassen hat, will sich die Mutter nicht freuen.

»Eier«, sagt sie, »pah! Eier, die kann ich mir schließlich auch selbst besorgen.«

Ja, das kann sie wirklich. Manchmal schleicht sie in aller Herrgottsfrühe auf Socken zum Hühnerstall – ich zittere und bete –, aber wenn sie wiederkommt, in jeder Hand ein bekleckertes Ei, strahlt sie:

»Hörst du«, sagt sie dann, »hörst du? Jetzt erst fangen sie mit dem Protestgegackere an, diese dummen Hühner!«

In der braunen Truhe unter dem roten Pullover versteckt sie

die Beute, nimmt das scharfe Messer aus der Lade und geht wie eine Jägerin gleich wieder los zur Speichertür. Die ist fest zugesperrt. Zur Sicherheit. Darüber kann die Mutter nur lachen. Sie schiebt eine ihrer schwarzen Haarnadeln durchs Schlüsselloch und – siehste wohl – springt die Tür auf, ganz wie von selbst. Dann schleicht sie die Treppe hoch. Mir wird ganz schwindlig vor Angst, dass sie fallen könnte, mitten in die Messerspitze hinein, dass die Bäuerin raufkäme, dass der Blitz sie erschlüge, dort oben unterm Dach, wo der dicke Schinken hängt.

»Ich pass' schon auf«, sagt die Mutter und schickt mich ins Zimmer zurück. »Dass du bloß keinem davon erzählst.«

»Und der liebe Gott?«

»Ach, der versteht das schon. Sich was zu besorgen zur Abwendung von Not hat schon der Kardinal Frings erlaubt.«

»Ist der nicht auch katholisch?«

»Die haben auch schon mal gute Ideen«, sagt sie, lacht ihr helles Lachen, und alles ist wieder gut.

Nur wenn der Bauer krank wird, im Bett bleiben muss und tagelang nebenan im Zimmer liegt, traut die Mutter sich nicht mehr die Stiege hoch. Wenn wir dann abends den lieben Gott bitten »… und lass uns ruhig schlafen und unseren kranken Nachbarn auch«, dann weiß ich, für wen und warum.

»Was ist Not?«

»Wenn man nicht genug hat von irgendwas, wenn man Mangel leidet. Zum Beispiel dieses winzige Zimmerchen hier«, sagt die Mutter, »das ist Platzmangel. Aber daran bin ich ja selbst schuld.«

Wenn der Bauer in Not ist, ruft er nach der Mutter. Sie soll beim Melken helfen. Dass sie das kann, hat er zuerst nicht glauben wollen: so eine feine Frau mit Pelzmantel und Bernsteinring.

»Ja, ja«, sagt die Mutter, »dafür muss man schon geübte Hände haben – und warme, sonst erschrecken sich die Tiere.« Sanft und zärtlich streicht sie über die Euterzapfen, links und rechts und links und rechts, bis der weiße Strahl in den Eimer zischt.

Der Bauer steht im Stallgang und lüftet das Stroh, »horcht dabei auf den Rhythmus«, sagt die Mutter, »und führt über jeden verspritzten Tropfen Buch.« Wenn er für einen Moment hinausgeht, holt sie den Becher aus der Kittelschürzentasche. Den darf ich unter das Euter halten und danach die wunderbar warme Milch trinken.

Einmal hat es im Kälbchenverschlag gescheppert, davon ist mir der Becher aus den Fingern gerutscht und tief in den Eimer hineingetaucht. Das schwarzweiße Kätzchen war gegen die leeren Milchkannen gesprungen, aber schon war der Bauer zurück und die Mutter im gewohnten Takt. Wie der Becher in die Milch geraten sein konnte, hat später niemand erklären können. Schon gar nicht die Mutter.

»Der Bauer ist ein Geizhals«, sagt die Mutter. »Aber eines Tages wird es denen noch leid tun.«

Am Abend ist der Topf, den die Mutter mit der abgekochten Milch zum Dickwerden vor die Zimmertür aufs Kommödchen gestellt hatte, umgekippt und leergeschleckt.

»Dieses freche Biest«, sagt sie. »Erst scheppert sie im Stall herum, dass ich kaum weiß, wie ich mich mit dem Becher rausreden soll, und jetzt hat sie mir auch noch das bisschen Milch, was uns geblieben ist, geklaut. Ich sage dir: Wenn ich die erwische, der dreh ich den Hals um!«

Im Schuppen auf dem Holzbock sitzt das schwarzweiße Kätzchen, stolz aufgerichtet, und leckt sich die Milchreste aus den Barthaaren.

»Tu das bloß nicht wieder! Sie bringt dich sonst um. Bestimmt. Hat sie gesagt.«

Das Kätzchen will das nicht glauben, legt sein Köpfchen schief und schnurrt zufrieden und glücklich und satt.

Ein Bett, ein Stuhl, ein Tisch, die Truhe, das Bord, der Ofen, daneben der gemütliche Sessel, wo mich die Mutter abends auf den Schoß nimmt, das Licht aus und die Ofentür aufmacht und Geschichten erzählt. All das passt ins Zimmer hinein. Wozu hätte es größer sein sollen? Dass der Sessel aus zwei Koffern gemacht ist, sieht man nur, wenn die karierte Decke verrutscht. An der anderen Wand steht die Pritsche, auf der kann man sitzen und schlafen. Der Vater nennt sie Feldbett, aber von welchem Feld sie stammt, hat er nicht sagen können.

Aus den Fenstern guckt man gegen die bröckelige Rückwand von Schäfers Dorfschänke, doch wenn man sich ein bisschen weiter hinauslehnt, ist die Aussicht frei bis zu Hellmanns großem Misthaufen und dahinter fast bis zum Wald und zu den grünen Hügeln des Taunus.

Auf der Holztruhe, in der die geklauten Eier versteckt sind, liegt der neue Faltenrock. Bei den Anproben hatte ich die Augen fest zukneifen müssen, egal wie tief sich die Stecknadeln in den Bauch bohrten. Keinen Mucks habe ich von mir gegeben, höchstens mal ein bisschen gezuckt. Nun passt er wie angegossen und ist so schön, dass ich ihn am liebsten gleich anbehalten möchte.

»Nein«, sagt die Mutter, »erst heute nachmittag, wenn der Papa kommt. Der bringt noch etwas Schönes mit.«

Fünf Schneeglöckchen stehen im Glas. Ich habe einen Faltenrock, eine Tafel, noch eine Überraschung vor mir, und ich bin endlich fünf. Ich kann sehr hoch springen und auf einem Bein balancieren und den Kopf weit nach hinten legen, und ich drehe mich, immer schneller, immer schneller; ich will Tänzerin werden.

»Gleich wird dir schwindlig«, sagt die Mutter.

So leicht fühle ich mich, wie mit Flügeln. Weiß sie denn nicht, wie schön das ist?

»Ja, ja«, sagt sie und schält die dritte Kartoffel, »immer so lange, bis es zuviel wird und man tot umfällt. Wie meine Kusine Eva, die ist auch Tänzerin gewesen und am Herzschlag gestorben, mitten auf der Bühne, geschminkt und im Kostüm. Da lag sie mit all dieser sündigen Farbe im Gesicht und musste so vor den lieben Gott treten.«

Ich halte mich an, warte, bis die Wände stillstehen, spüre mein Herz, wie es weiterlaufen will, schneller und schneller und nicht mehr aufzuhalten ist … Ich muss mich schonen, damit ich nicht zu früh sterbe und am falschen Ort, gehe langsam zur Puppenküche, wo die fleißige Holzköchin steht, mit strengem Blick ihre Suppenkeule schwingt und immer zu tun hat, genau wie die Mutter.

»Pass auf, der Rock«, sagt die Mutter, als ich zur Truhe will. Ich setze mich auf den Boden, nehme das Märchenbuch in die Hände und verwandele mich in eine wunderschöne Prinzessin, die tanzen kann, so schnell sie will, und trotzdem am Leben bleibt.

Schon wieder Bratkartoffeln. Ohne alles. Speck und Eier will die Mutter für den Abend aufheben, für den Vater.

»Nun stochere doch nicht so in deinem Essen rum«, sagt die Mutter.

»Ich bin satt.«

»Ich möchte bloß mal wissen, wovon.«

Das kann ich ihr nicht sagen, das ist verboten, und dafür würde sie mir vielleicht auch den Hals umdrehen wollen, genau wie der schwarzweißen Katze. Zucker habe ich genascht aus der blauweißen Dose, die steht hoch oben auf dem Bord, wo ich eigentlich nicht drankommen kann. Aber ich hole mir den Schemel vom Flur und steige hinauf. Und wenn ich vorher den Finger in die Butter stecke, brauche ich nicht mal einen Löffel dazu.

»Iss doch noch was«, lockt die Mutter, »sind doch so lecker. Gibt genügend Kinder, die sich um so was reißen würden.« Sie wischt über den Herd. Die frühen Milchspuren sind noch immer nicht verschwunden.

Waltraud ist zum Spielen gekommen und sitzt gegenüber. Sie nickt. Ich schiebe die Bratkartoffel hinüber, und als die Mutter sich wieder umdreht, ist der Teller leer und wieder am richtigen Platz.

»Na also«, sagt sie und räumt ab.

Bis zu diesem Augenblick ist der Tag gewesen, wie ein Donnerstag eigentlich nicht sein kann: wolkenlos, friedlich und heiter. Nun hat er sich das gestohlene Sonntagsmäntelchen von den Schultern gerissen und lässt Blitz und Donner heraus.

»Willst du dem Papa ein Stückchen entgegengehen?« hat die Mutter gefragt, und mir ist vor Schreck das Herz stehengeblieben.

Ich schüttele den Kopf.

»Warum nicht?«

»Ich will lieber mit Waltraud spielen.«

Damit gibt sich die Mutter nicht zufrieden. Spielen kann man doch immer, aber dem Papa entgegengehen, das ist doch etwas Besonderes, und jetzt, da ich groß genug bin, kann sie das überhaupt erst erlauben; also, sie weiß wirklich nicht, was sie davon halten soll.

Das Herz läuft davon, aus den Augen brennt ein Feuer, in den Händen klebt es nass und kalt. Lieber Gott, hilf mir, erklär ihr, warum ich nicht kann, warum es wirklich nicht geht …

Sie kommt ganz nah zu mir, beugt sich herunter, sieht mich an mit ihren schönen grünen Augen und stellt die schlimmste aller Fragen:

»Hast du etwa Angst?«

Es ist ausgesprochen, die Frage gestellt, und ich weiß, was darauf zu antworten ist:

»Angst? Das Wort kenne ich gar nicht.«

Angst haben ist schlimm, genauso wie Naschen und Doktorspielen und im Teich alleine Badengehen … Wenn ich jetzt nein sage, dann ist sie zufrieden, aber Lügen bestraft der liebe Gott. Ich presse die Lippen zusammen und schweige.

»Brauchst keine Angst zu haben«, sagt Waltraud mit ihrer Lispelstimme, »ich gehe mit, ich pass auf dich auf.«

»Siehst du«, lacht die Mutter, »sie ist zwei Jahre jünger als du, aber viel mutiger«, und in ihrer Stimme liegt eine solche Genugtuung, dass es nicht zum Aushalten ist.

»Hau ab!« schreie ich der Waltraud ins Gesicht, »hau bloß ab!«, kneife die Augen zu, damit die Tränen im Kopf bleiben, und laufe los. Die Holztreppe hinunter, durch den Flur, zur Tür hinaus, wie immer über die rechte Stiege auf dem Hofpflaster bis zur Straße, links entlang, am Dorfplatz vorbei, rechts herum und geradeaus. Unter der kleinen Brücke fließt so fröhlich der Bach; am Ufer hatte ich mir damals das Knie ausgewaschen, als das Huhn mir vor den Roller gelaufen war, ich absprang und hinfiel, das Huhn gackernd davonstolzierte; das Loch in meinem Knie ist noch immer zu sehen. Aber das ist nichts gewesen im Vergleich zu dem, was jetzt kommt. Die Zigeuner warten schon auf mich, die bösen Männer sowieso, und vielleicht hat sich auch schon der Wolf auf den Weg gemacht, um mich aufzufressen mit Haut und Haaren. Hinter der Kapelle liegen die Toten, bei denen werde auch ich bald begraben sein. Links den Berg hoch; das Dorf ist so still, kein Mensch auf der Straße, niemand im Hof, die Türen verschlossen. Haben sich alle weggeschlichen, um das Entsetzliche nicht sehen zu müssen. Nicht mal der Hund bellt im letzten Gehöft, rasselt nur leise mit der Kette und hat schon Mitleid mit mir.

Nun geht's drum. Vor mir die krumme Straße, von Büschen und Bäumen bewacht, hinter denen es lauert. Meine Füße gehen einfach weiter, wie aufgezogen. Ich habe schreckliche Angst. Der Himmel ist weit und leer, keine Spur vom lieben Gott, der auf mich aufpassen soll, oder von den vierzehn Englein, aber die kommen ja sowieso nur abends.

Ein Auto hält direkt neben mir, ein Mann lehnt sich aus dem Fenster, sieht mich an und fragt: »He, Kleine, wo geht's denn hier nach Sinkershausen?«

Das hätte ich ihm sagen können, ganz genau sogar: Hier herunter, dann links und weiter geradeaus, gleich hinter Fronhausen, da liegt Sinkershausen, da wohnen Knispels, die haben einen Sohn, der ist der Vetter vom Ulrich; manchmal stehen Gladiolen im Garten und Astern und andere Blumen. Aber der da im Wagen will mich nur locken. Das ist der Trick: Sie fragen dich nach dem Weg, und dann wirst du ins Auto gezerrt und bist weg, für immer.

Mit einem Satz bin ich rückwärts in den Graben gesprungen und habe mich unter den Haselnussstrauch geduckt.

»He, wo bist du denn geblieben?« ruft der Bösewicht, aber dann hat er keine Lust mehr, mich wiederzufinden, und fährt weiter.

Langsam krieche ich zur Straße zurück, hocke mich auf den Schotter und warte auf das Schreckliche. Ein Leiterwagen rappelt vorbei. Vorne sitzt Krämers Herbert und lenkt die

Pferde. So ganz in Gedanken. Pfeift ein Liedchen vor sich hin. Mich hat er gar nicht gesehen.

Danach bin ich wohl eingeschlafen, aber als ich die Augen wieder aufmache, ist alles noch viel schlimmer geworden. Die Sonne war hinter die Wolken gekrochen, und vom Ende der Straße her kommt ein Mensch gegangen, der wird mich nicht übersehen, der nimmt mich gleich mit in die Hölle, weil ich ein böses Kind bin. Nein, lieber Gott, hilf mir! Ich will lieb sein und artig, nichts mehr tun, was ich nicht darf. Keine Doktorspiele, nie mehr alleine an den Teich und keine Butter mit Zucker. Nie mehr, nie mehr!

Er kommt schnell näher – ich kann kaum noch atmen –, bald ist er bei mir, nur noch ein Stückchen trennt ihn von mir. Da habe ich die Augen fest zugemacht, aber als ich wieder hochsah, war der Himmel aufgegangen, die Englein lachten und sangen, dass einem das Herz überlaufen konnte. Der Mann hatte seine Tasche auf die Erde gestellt, die Arme ausgebreitet, und ich bin hineingerannt.

»Ja, so was«, lacht er, »so weit bist du mir entgegengekommen und hast keine Angst gehabt?«

»Aber nein, Papa«, habe ich geantwortet. »Angst? Das Wort kenne ich gar nicht!«

An seiner Hand ist der Rückweg kurz und kaum der Rede wert. Jetzt rauschen die Bäume freundlich, die Luft ist voller Vogelgesang und so friedlich die Welt. Was hatte mir denn vorher so viel Angst gemacht?

»Da seid ihr ja«, sagt die Mutter und gibt ihm einen schnellen Kuss.

Er bestellt Grüße von Fräulein Lübke, von ihrem Bruder und dessen Frau und auch von Frau Petry vom Haus nebenan, die ihm hin und wieder zwei Möhren extra gibt, seit er mal in der Bibelstunde neben ihr gesessen hat.

Sein Nachthemd packt er aus, das blaue Hemd, und reicht ihr ein Einmachglas, das in die lange Unterhose gewickelt war.

»Sauerbraten«, sagt er, »vom Neumann. Weißt doch, der Schreiner vom zweiten Stock. Kartoffeln gegen Kohlen gegen

Fleisch. Derselbe Weg wie Weihnachten mit der Puppenküche.«

»Die hat doch das Christkind gebracht«, sagt die Mutter streng.

Der Vater lacht und streichelt mir über den Kopf. »Selbstverständlich, aber in diesen schlechten Zeiten kann das Christkind auch nicht alles alleine besorgen.«

Hatten sie im Himmel auch Krieg?

Die Überraschung! Vor lauter Aufregung habe ich nicht mehr daran gedacht. Jetzt muss ich die Augen zumachen und warten, bis etwas in meine Arme gelegt wird: eine Puppe, mit Haaren und Augen, die gucken so lieb. Rosa soll sie heißen, wie meine erste, die sich beim Bucheckernsammeln im Wald verlaufen hat, von der Fee gefunden, verwandelt und jetzt zu mir zurückgebracht.

Ich laufe über den Hof auf die Straße: »Da, seht nur, was mir der Papa geschenkt hat!«

»Sie sieht dir wirklich ähnlich«, sagt Tante Bertha, »die hellen Augen, die blonden Löckchen, sogar die Pausbäckchen, genau wie bei dir. Aber mit dem Kopf musst du aufpassen, der ist aus Porzellan.«

»Pass auf«, sagt auch der Vater, »ihr Kopf ist zerbrechlich. Halt sie schön fest, dass sie nirgendwo runterfällt.«

Halt sie fest!

Pass auf!

Sei vorsichtig!

Achtung, du stolperst!

Nicht so schnell!

Ihr Kopf ist aus Porzellan!

Zerbrechlich, zerbrechlich, zerbrechlich!

Ich fühle mich so eng. Die kleinen Hunde hatte ich gestreichelt und war nicht von deren Mutter gebissen worden, im Teich bin ich auch noch nicht ertrunken und selbst fürs Zuckerschlecken nie mit Bauchweh bestraft worden. Warum soll ich ihnen jetzt glauben?

Mit festen Schritten bin ich die Steintreppe hochgegangen, habe den Puppenkörper fest an mich gedrückt und geflüstert:

»Hab keine Angst. Wir werden es ihnen zeigen ...« und die Puppe schnell übers Geländer geschmissen. Bis zur Scheune waren die Scherben gespritzt. Ein blaues Auge blickt vom Misthaufen hoch und schreit: Mörderin!

Ich bin auf der Treppe stehengeblieben wie angewachsen und habe auf die gerechte Strafe Gottes oder auf die von der Mutter gewartet. Ich warte umsonst, niemand schimpft, keiner sagt ein böses Wort. Sie nehmen mich in den Arm, streicheln über meinen Kopf und flüstern: »Das arme Kind. Sicher ist sie gestolpert. Man darf nicht mir ihr schimpfen, sie konnte nichts dafür.«

Der Vater bringt Spannung ins Leben. Wenn er dazu gehört, ändern sich die Zeiten. Morgens ist sein Gesicht so rauh, dass es weh tut, wenn ich meines daran reibe. Kaum hat er mit dem großen Messer den weißen Schaum abgeschabt, darf ich fühlen, wie weich seine Haut sein kann. Warum sie nicht so bleibt? Weil er ein Mann ist.

Meistens kommt er für eine Nacht, manchmal für zwei. Ein einziges Mal ist er eine ganze Woche geblieben. Warum bleibt er nicht für immer? In der Stadt kommen sie nicht ohne ihn aus, sagt er. Das macht mich stolz auf ihn. Überhaupt: Er ist anders. Wenn er spricht, wird es mucksmäuschenstill, und ich fühle mich so stark und ohne Angst, als könnte ich jeden und alles besiegen, selbst Schneiders Willi, der bald aus der Schule kommt und mit seinen Muskeln prahlt und schon genau so stinkt wie die anderen Männer im Dorf: nach Kuhmist, nach Schweiß und Heu oder nach nasser Erde.

Der Vater erzählt von früher, vom Krieg und von den Bomben, vom Sterben und von seiner Familie, die im Keller erstickt ist. Auf dem Bürgersteig haben sie gelegen, sein Vater, seine Mutter, seine Schwester, seine Nichte und seine Tante, vor dem Haus in der Krefelder Straße (da, wo sie jahrelang gewohnt hatten), »ganz still und friedlich, als ob sie schliefen«, sagt er. Den kleinen braunen Strumpf holt er aus der Hosentasche, hält ihn hoch und schüttet alles, was darin ist, aus, auf den Tisch.

»Hier«, sagt er und hält einen goldenen Ring in der Hand, »den habe ich meinem toten Vater vom Finger gezogen. Der von meiner Mutter war schon geklaut!

»Wir alle müssen aufpassen«, sagt er, »auch du«, sagt er, »dass die Welt von nun an friedlich bleibt und dass sich alle gut vertragen. Der Krieg ist schrecklich und tut allen weh.«

Das will ich tun! Aufpassen, dass sich alle vertragen. Die Leute sagen, ich sehe aus wie ein kleiner Engel. Ab jetzt will ich auch sein wie ein Engel, sanftmütig und gut, damit keiner mehr sterben muss. Obwohl der Vater sagt: Jeder Mensch muss irgendwann sterben.

»Warum?«

»Das ist der Lauf des Lebens.«

Auch die schöne Puppe ist tot. Ihr kopfloser Körper liegt auf der Pritsche. Ich hätte sie gerne ordentlich begraben, damit sie keinen Fluch herunterschickt dort oben vom Puppenhimmel, aber der Vater will vielleicht einen neuen Kopf für sie besorgen.

So leicht soll das gehen, wenn einer tot ist?

»Bloß nicht«, sagt die Mutter, »ich nähe lieber ein Stoffgesicht, das ist sicherer.«

Handschuhe trägt der Vater nie und hat doch warme Hände. An denen kann ich mich festhalten, wenn wir über die Wiese gehen, nur er und ich. Die Mutter hat zu tun.

Im Sommer hatte ich ihm gezeigt, wie man auf Zehenspitzen zwischen die blauen Blumen treten muss, damit keine zerknickt. Er schaffte es nicht ganz, dafür sind seine Füße zu groß, aber er gab sich Mühe. Jetzt sind die Blumen verblüht und die Grashalme vom Frost auf den Boden gedrückt. Nur der Schnee funkelt im Sonnenlicht, als will er die Blüten ersetzen.

Kurz bevor der Wald beginnt, bleibt der Vater stehen. »Da, sieh nur«, sagt er und zeigt auf die große Buche, die hinter der Bank steht. »Die steht schon so lange da«, sagt er, »lange bevor die Bank gebaut wurde, lange bevor du geboren wurdest, und lange bevor ich geboren wurde, und wenn sie keiner abhackt oder der Blitz sie erschlägt, dann wird sie noch da stehen, wenn auch du schon längst tot bist.«

Ich presse die Hand auf meine Brust, damit das Herz nicht herausspringt. Lieber Gott, verzeih mir und wirf mich nicht zur Strafe übers Geländer oder in den Bach!

Der Vater sieht noch immer nach oben. Ob ich hören kann, fragt er, ob ich hören kann, wie die Bäume rauschen, und ob ich das Lied kenne? Nein? »Das ist die große Lebensmelodie«, sagt er, »von Ewigkeit zu Ewigkeit.«

Nach der Ewigkeit frage ich ihn nicht mehr. »Eine Zeit ohne Anfang und Ende, immer schon gewesen und wird immer sein«, hat er gesagt.

Aber jedes Mal, wenn ich versuche, mir das vorzustellen, komme ich irgendwo an eine Mauer, und wenn ich die wegdenke, baut sich gleich die nächste auf; das geht immer so weiter, bis ich ganz erschöpft bin und aufhöre. Mit Straßen habe ich es auch versucht und mit Flüssen, aber das ist genauso. Alles hat immer einen Anfang oder eine Quelle, und irgendwo ist es immer zu Ende. Die Ewigkeit? Es geht einfach nicht.

Genau wie der Himmel. Wo soll der sein? Hinter den Wolken, hat der Vater gesagt, aber wo soll ich ihn finden können, wenn da oben alles so blank geputzt ist wie jetzt, an diesem sonnigen Donnerstag?

Als wir heimkommen, ist es schon fast dunkel. Wo wir denn so lange gewesen sind, will die Mutter wissen. Darauf gibt der Vater keine Antwort, sondern fragt, warum sie kein Kleid angezogen hat und wieder nur Rock und Bluse.

»Weil mir das gut steht«, sagt sie.

»Mir gefallen Kleider besser«, sagt der Vater und setzt sich auf die Truhe unterm Fenster, »das weißt du auch, und wenn ich schon mal da bin, vielleicht könntest du mir auch mal eine Freude machen.«

»Freude?« sagt die Mutter verächtlich. »Ich hätte an was anderem Freude.«

Aha, jetzt ist also doch wieder der richtige Donnerstag ins Zimmer gezogen, stürmisch, mit Blitzen und Donnern.

Die Mutter zieht mich zur Seite und flüstert in mein Ohr: »Ich hab kein Salz mehr. Geh mal schnell runter und hol was von der Bäuerin.«

Betteln will ich nicht. Das ist das Schlimmste, schlimmer noch als Angst. Warum versteht sie das nicht? Erinnert sie sich nicht, was mir damals bei Mertens passiert ist, als sie mir die Blechkanne in die Hand gedrückt hatte und mich rüberschickte, Wurstsuppe zu holen, weil die geschlachtet hatten? »Stell dich nicht so an«, hatte sie geschimpft, als ich nicht wollte, »die haben reichlich davon und wir immer zu wenig.«

Ich war langsam über die Dorfstraße geschlendert, so, als wäre ich nirgendwohin unterwegs, hatte die Kanne wie zufällig an meinem Arm hängen lassen. Bei Mertens unterm Stallbogen war ich stehengeblieben, still und stumm, bis die Mertens-Bäuerin hochsah.

»Na, was willste?« hatte sie gefragt und zu lachen begonnen, als ich die vorgesagten Worte herausquetschte: »Kann ich bitte was von der Wurstsuppe haben?«

Fast hätte ich ihr vertraut, wenn nicht plötzlich so etwas Grelles in ihr Lachen geraten wäre, so etwas Schrilles, Hämisches, so dass es nicht mehr lustig klang und nach Freude, sondern eher wie das Gelächter der Bösewichte in den Zauberwäldern. Dann hatte sie aufgehört zu lachen, hatte sich breitbeinig vor mich hingestellt, ihren Zeigefinger vor meine Nase gestreckt und gekreischt: »Du willst also Wurstsuppe essen. Darf ich mal fragen, wozu? Du bist doch wahrhaftig dick genug, dick wie unser Bulle. Meine Kinder, die haben es nötig, nötiger jedenfalls als du.« Dabei hatte sie auf ihre Tochter Gretel gezeigt, die dünn war und bucklig, auf der Futterrinne hockte und grinste und doch eigentlich meine beste Freundin sein wollte.

Beim Rausrennen hätte ich fast die Milchkanne umgeschmissen.

Das würde noch gefehlt haben, hatte die Mertens-Bäuerin mir hinterher gerufen.

Im rechten Verschlag stand der Bulle, dick und furchtbar hässlich.

»Mach dir nichts draus«, hatte die Mutter gesagt, den Topf zurück an den Haken gehängt und über diese Geizhälse geschimpft, denen sie später alles heimzahlen würde, und dann über mich, weil ich meine Schuhe wieder mal nicht ordentlich abgeputzt hatte vom Kuhlstalldreck, den sie jetzt vom Fußboden wischen musste – bei all ihrer Arbeit auch das noch.

»Ich habe Hunger«, sagt der Vater, »es duftet schon so verführerisch. Warum fangen wir nicht an?«

»Sie soll was Salz leihen, unten bei Bartens, und ist mal wieder bockig, das Fräulein Tochter.«

»Komm«, sagt der Vater, »ich gehe mit. Ich wollte sowieso nach dem Essen mal runtergehen und guten Tag sagen. Kann ich ebenso gut jetzt machen.«

Mit ihm zusammen ist alles leicht: unten an die schwere Eichentür klopfen, die Klinke herunterdrücken, hineingehen und lachend hinter mich zeigen: »Seht mal, wen ich mitgebracht habe.«

Da staunen sie. »Auch mal wieder im Land, zur Feier des Tages? Gelle, das Töchterchen wird auch immer größer.«

Jedem gibt der Vater die Hand, und als der Bauer fragt, ob der Dom noch steht, antwortet er, am Morgen, als er die Stadt verlassen hätte, wäre es dem Dom noch gutgegangen, daran habe sich auch sicherlich nichts geändert, die Zeiten seien ja ungefährlicher geworden, was das angehe.

Die Bäuerin fragt, ob wir nicht zum Essen bleiben wollen, sie sei gerade beim Tischdecken, drei Teller mehr wären schnell dazugestellt. »Holen Sie doch Ihre Frau herunter.«

»Geht nicht«, sagt der Vater. »Meine Frau hat oben schon alles vorbereitet. Wie wär's mit morgen?«

»Aber sicher«, sagt der Bauer. »Wir würden uns freuen, Sie bei uns zu Gast haben zu dürfen.«

Hochdeutsch hat er gesprochen, und für den Vater ist das ein weiterer Beweis, dass dieser Mann tief im Herzen gebildet und gut ist. Ulrich grinst von der Bank her, wo er schon sitzt und aufs Essen wartet. Einen Griffel hat er wohl noch nicht gefunden.

»Bis dann«, sagt der Vater und will gehen. Ich halte ihn am Ärmel fest:
»Das Salz!«
»Ach ja«, sagt er, »hätte ich fast vergessen. Könnten Sie uns freundlicherweise mit einer Prise Salz aushelfen?«
»Aber gerne«, sagt die Bäuerin und gibt uns einen Eierbecher voll mit.
Nun weiß ich, wie viel eine Prise ist.
Nach den Speckrühreiern gehen wir zu Tante Bertha und Onkel Franz. Die wohnen gegenüber bei Mertens im Hinterflur und haben zwei Zimmer nebeneinander – Küche und Schlafraum.
»Die haben es gut«, sagt die Mutter und holt tief Luft. »Da hängt einem nicht immer der Kochdunst im Kopfkissen.«
Der Vater lacht: »Bist du doch selbst schuld, mit deiner Großzügigkeit damals. Hoffentlich ist dir das eine Lehre. Man muss im Leben immer nehmen, was einem geboten wird. Das ist ja, weiß Gott, nicht viel in diesen schmalen Zeiten.«
Mir hat sie den neuen Rock angezogen, dazu den roten Pullover, wo sich leider am Bündchen ein Fleck langzieht, der wahrscheinlich von den darunter gelagerten Eiern herrührt.
»Macht nichts«, sagt die Mutter und reibt mit dem Lappen darüber. »Sieht keiner.«
Tante Berthas Küchentür quietscht.
»Fehlt nur ein Tröpfchen Öl«, sagt der Vater.
»Fängst du schon wieder an? Könntest du nicht erst mal guten Abend sagen, bevor du anfängst rumzumäkeln?« ruft Onkel Franz.
»War doch nicht böse gemeint«, sagt der Vater und lacht: »Also noch mal von vorne: Guten Abend allerseits, und nichts für ungut, Franz.«
»Immer dasselbe«, knurrt Onkel Franz. »Setzt euch.«
Tante Bertha freut sich: »Schön, dass du mal wieder da bist«, sagt sie und umarmt den Vater so herzlich, dass die Mutter drohend guckt.
Waltraud ist schon eingeschlafen, obwohl sie unbedingt hatte wach bleiben wollen. Sie ist eben noch klein.

Ich halte mich kerzengerade und die Hände überm Bauch verschränkt, damit jeder sehen kann, wie groß ich schon bin ... und niemand die Schmiere am Ärmel.

Onkel Franz hat ein Bild gemalt zum Geburtstag für mich. Eine Katze ist darauf mit gespitzten Ohren, hat das Köpfchen schiefgelegt und macht Miau.

»Danke, Onkel Franz.«

»Passt zu dir«, sagt die Mutter, »sieht richtig katzig aus, so wie du manchmal.«

Warum sagt sie das?

Der Vater flüstert: »Musst dich auch bei Tante Bertha bedanken.«

Warum? Hat die auch an dem Bild mitgemalt?

Die Großen setzen sich auf Stühle, für mich bleibt der Boden. Der Rock gefällt Tante Bertha gut.

Die Mutter zeigt den großen Saum. »Da kann ich noch viel rauslassen«, sagt sie und schiebt mir ein Sofakisschen unter, obwohl Tante Bertha doch eben noch geputzt hat. »Boden bleibt Boden«, sagt die Mutter und wischt mit dem Zeigefinger darüber. »Da! Siehste?«

Tante Bertha guckt gar nicht hin. Sie steht auf und holt Gläser, drei Stück, die Mutter will lieber nichts.

»Immer eisern«, sagt der Vater und grinst mit Onkel Franz um die Wette.

»Ich vertrag' eben keinen Alkohol«, sagt die Mutter, worauf der Vater die Augen zum Himmel schlägt.

»Aber du doch?« fragt Onkel Franz

»Klar«, lacht der Vater, »da sag ich nie nein.«

»Selbstgebrannt«, sagt Onkel Franz, als er den Korken von der Flasche zieht und die Gläser vollgießt. »Riech mal.«

Die Mutter schnüffelt ein bisschen und schüttelt sich, der Vater aber leckt sich nach dem ersten Schlückchen über die Lippen.

»Nicht schlecht«, sagt er, »schade, dass mir für so was die Zeit fehlt. Von morgens bis abends im Dienst, und wenn du nach Hause kommst, bist du zum Umfallen müde. Ist ja auch kein Wunder bei den Hungerrationen, die sie einem geben.«

»Sei doch froh, dass du Arbeit hast«, meint Onkel Franz, »da gäbe ich was drum. Weißt du eigentlich, wie sich ein Mann in meinem Alter fühlt, wenn er untätig rumsitzen muss?«

»Wenn ich dafür mit meiner Familie zusammensein könnte, würde ich sofort mit dir tauschen.«

»Du hast überhaupt keine Ahnung. Kannst ja gar nicht nachfühlen, wie einem zumute ist, der seine Heimat verloren hat.«

»Und ich«, sagt der Vater, »habe ich etwa nichts verloren? Und was ist mit meinen Eltern und mit meiner Schwester und mit meiner Tante und meiner Nichte, die alle in einer einzigen Bombennacht umgekommen sind? Meinst du, das steckt man so einfach weg? Und zweimal ausgebombt und alles futsch, was uns wertvoll gewesen ist. ›Heimat verloren‹ – dass ich nicht lache! Was meinst du denn, ist von meiner Heimat noch übrig? Gerade mal der Dom! Aber sonst alles nur Schutt, den wir wegscheppen müssen, und dafür geben sie uns ein Kommissbrot extra; daran kannst du dir dann die wackligen Zähne ausbeißen. Soll ich dir mal erzählen, was mir letzte Woche passiert ist?«

Onkel Franz antwortet nicht.

Der Vater spricht weiter: »Also, ich gehe zur Nordsee, diesem Fischladen, Ecke Mauenheimer Straße – du kennst den.«

Die Mutter nickt.

»›Heute frischer Rogener‹, hatten sie ins Fenster gehängt. Rogener esse ich für mein Leben gern. Ich also rein und lass' mir was einpacken und komm' nach Hause, voller Vorfreude auf diesen Leckerbissen. Und was, glaubst du, finde ich beim Auspacken? Fast nur noch Sägespäne im Papier. Siehst du, so ist das Leben in unserer Heimat. Da habt ihr es hier wirklich besser, kannst du mir glauben.«

Sie reden immer dasselbe. Mir ist langweilig. Ich hatte gedacht, an meinem Geburtstag hätte einer was von mir erzählt oder mich gefragt, wie es mir geht und was ich spielen möchte. Das Bild ist schön, es sieht so lebendig aus, dass man der Katze am liebsten über den Kopf streicheln würde. Morgen werde ich den Vater bitten, es zwischen die beiden Fenster zu hängen, dann kann man es gleich von der Tür aus sehen. Bloß die schwarzweiße Katze darf nichts davon wissen. Sonst denkt sie, ich hab' sie nicht mehr lieb.

Eine Faust schlägt auf den Tisch, die Gläser klirren, und Onkel Franz schreit: »Spielt keine Rolle! Spielt überhaupt keine Rolle!«

Wer spielt was mit wem und mit welcher Rolle?

Onkel Franz spielt manchmal Zither; ich wünschte, er würde das tun, statt weiter auf dem Tisch rumzuschlagen und »Spielt keine Rolle!« zu rufen.

Nein, Onkel Franz spielt keine Zither.

Aber wer spielt keine Rolle?

Die Katze! Klar, sie spielt mit keiner Rolle, spielt keine Rolle.

Die Männer schreien sich an. Ihre Schatten tanzen über die Wand wie zwei schwarze Reiter im Galopp. Die Frauen gukken traurig vor sich auf den Tisch und falten die Hände, als wollten sie beten.

Ich stehe auf und rufe sehr laut: »Spielt keine Rolle! Ja, wirklich, die Katze spielt mit keiner Rolle!«

Danach sind sie ganz still, sehen mich an und freuen sich, dass ich die Lösung gefunden habe.

Ich hab' es geschafft, sie haben sich wieder vertragen. Vielleicht bin ich ein wahrhaftiger Engel, vom Himmel gesandt, um für Frieden zu sorgen. Dann will ich von nun an wirklich gut sein und nur noch Gutes denken.

»Also, dieses Kind!« sagt Tante Bertha, steht auf und holt die Zither vom Fensterbrett. Die schiebt sie Onkel Franz unter die Hände. Der ziert sich zuerst ein bisschen, dann fängt er an, zupft mal hier und mal da, ganz leise nur, damit Waltraud nicht aufwacht oder Mertens klopfen.

»Land der dunklen Wälder und kristallnen Seen«, singen die Frauen und bekommen nasse Augen. Onkel Franz zieht die Nase hoch, was ich nie darf, und der Vater wischt sich mit dem Handrücken übers Gesicht. Er hebt mich auf seinen Schoß. Seine Brust ist kantig und hart, aber ich darf mich dagegenpressen.

Ganz zum Schluss habe ich auch eine kleine Träne herausgequetscht. Jetzt bin ich glücklich. Kann ein Geburtstag schöner zu Ende gehen?

Breit aus die Flügel beide,
oh Jesu, meine Freude,
und nimm dein Küchlein ein.
Will Satan mich verschlingen,
so lass die Englein singen.
Dies Kind soll unverletzt sein.
Amen

Satan sieht aus wie ein Wolf, Jesus hat Flügel wie die Tauben, und ich bin ein kleiner Kuchen und habe mir heute auch überhaupt nicht weh getan.
»Quatsch«, sagt die Mutter, »Küchlein sind die kleinen Hühnchen, wenn sie geschlüpft sind und noch gelb und weich, und jetzt schlaf endlich.«

Neben Ulrich darf ich sitzen, Kind zu Kind, auf die lange Seite der Eckbank unter die beiden Fenster, die zum Gemüsegarten rausgucken. Punkt sechs sind wir hereingekommen in die Bauernstube, der Vater, die Mutter und ich.
»Guten Abend zusammen.«
»Herzlich willkommen«, sagt der Bauer, »nehmen Sie doch Platz – wo Sie möchten.«
Das sagt er so, aber in Wirklichkeit wäre der Opa aus den Hosenträgern gesprungen, wenn jemand gewagt hätte, seinen Platz zu belegen, und die Bäuerin sitzt links davon und ihr Mann gleich daneben. Höchstens Erich oder die Magd wären bereit gewesen ... aber es weiß ja jeder Bescheid.
Der Vater setzt sich unters Hoffenster, die Mutter an die Ecke, mir gegenüber, wo ihr der Bauer einen Stuhl aus dem Sithaus hingestellt hat. Die Magd behält ihren Platz an der vorderen Längsseite gleich an der Ecke, da kommt der Opa unterm Tisch an ihr Knie. Jedes Mal, wenn sie aufsteht, kneift er ihr in den Po, und wenn sie sich über den Tisch beugt, um das Fleisch auf die Teller zu legen, verlaufen sich

seine blanken Äugelein im Ausschnitt ihrer Bluse und finden nicht mehr heraus, hat die Mutter erzählt. Jetzt sagt sie: »Halt endlich deine Füße bei dir« und reibt sich die Seidenstrumpfbeine. »Du Zappelliese!«

Ihre Lippen sind nach innen geklappt, und die Augen laufen quer über den Tisch und zurück und wieder hin und zurück, immer wieder.

»Gott sei Dank für Speis und Trank und alle Gaben, die wir haben. Amen. – Greifen Sie zu«, sagt die Bäuerin und nimmt sich die erste Brotscheibe.

Der Opa brummt was von »Butter spar'n«, kratzt das Fett so tief ins Brot hinein, dass die Schnitte sich immer mehr vollsaugt und trotzdem ein mageres Aussehen behält.

»Zier dich nicht«, sagt der Bauer.

Und Ulrich, der schon die zweite Stulle belegt, lacht: »Los, fang an, sonst ist gleich nichts mehr da.«

Das kann nicht sein, bei der Fülle. Bauernbrot und Butter, rote Wurst und schwarze, Gurkensalat mit Dickmilch und ganz viel Schnittlauch und frische Kuhmilch, so viel man will. Von Not keine Spur.

Zum Schluss essen alle die eingelegten Kirschen aus der großen braunen Schüssel, die mitten auf den Tisch gestellt worden ist, damit jeder mit seinem Löffel hineinlangen kann, und die Steine darf man auf die Tischplatte spucken.

Danach sitze ich auf dem Sofa, wo die Männer sich erzählen, wie das Leben so ist. Am Herd nimmt die Bäuerin die getrockneten Socken von der Stange und legt ein Stück Holz nach fürs Spülwasser. Die Mutter steht daneben und lacht und redet mit ihr und trocknet ab. Vielleicht sind sie ab jetzt Freundinnen geworden.

Eine gute Flasche Wein hat der Bauer vom Keller geholt, Vorkriegsabfüllung, aufbewahrt für besondere Anlässe; heute ist so einer. Sie lassen mich einmal nippen, und »danach ist es aber höchste Zeit«, sagt die Mutter und schiebt mich zur Tür hinaus und die Treppe hoch, so dass ich nicht mal gute Nacht sagen kann. Beim Ausziehen hilft sie, aber als ich im Bett liege, ist sie so schnell wieder weg, dass ich sie nicht mal mehr fragen kann, ob sie die Bäuerin jetzt besser leiden kann. Gebetet hat sie auch nicht mit mir.

»… Breit aus die Flügel beide, oh Jesu, meine Freude, und nimm dein Küchlein ein. Will Satan mich verschlingen, so lass die Englein singen. Dies Kind soll unverletzet sein. Amen.«

Mitten in der Nacht sind die Eltern hereingekommen.

»Hoffentlich hatten sie das Schnittlauch auch ordentlich gewaschen«, sagt die Mutter, »wo doch der Alte da im Garten immer drüberpinkelt. Und diese Schweinerei mit dem Kirschenessen aus einer Schüssel – da kann einem ja wirklich der Appetit vergehen.«

Warum sehnt sie sich denn immer nach dem großen Tisch dort unten, wenn sie sich vor allem so ekelt?

Bevor der Vater zurückfährt, essen wir den Sauerbraten vom Neumann im Hinterhaus.

»Endlich mal wieder ein ordentliches Stück Fleisch zwischen den Zähnen«, sagt die Mutter und nimmt sich eine zweite Portion. Der Vater wischt mit einer Brotscheibe die Soßenreste von den Tellern.

Seine Tasche ist schwerer geworden. Kartoffeln sind da drin, vom Bauern gestiftet. Zwischen die Socken legt die Mutter drei Eier.

»Pass auf damit«, sagt sie, und dann küsst er sie so lange, dass für mich keine Zeit übrigbleibt.

Unten an der Treppe dreht er sich nochmal um und ruft hinauf: »Jetzt kann ich es dir ja ruhig sagen: Der Sauerbraten war vom Pferd.«

»Was«, schreit die Mutter, »vom Pferd?! Wo du genau weißt, dass ich nie im Leben was vom Pferd … oh Gott, jetzt wird mir ganz schlecht!«

»Wieso denn?« ruft der Vater. »Hat dir doch gut geschmeckt! Außerdem ist Sauerbraten vom Pferd sowieso am besten.«

Die Mutter knallt die Türe zu und wirft sich heulend aufs Bett. Nun muss ich sie trösten und kann dem Vater nicht hinterherwinken.

Wenn ich beim Bucheckernsammeln müde werde, setze ich mich auf die Wiese vorm Waldrand und sehe von oben auf das stille Dorf, wo die Dächer so eng aneinandergedrängt sind, dass man meinen könnte, da passt keine Maus mehr dazwischen.

»Einundzwanzig Häuser«, hat der Vater gezählt. Nicht viel, aber viel genug, wenn man die Namen aller Leute behalten soll. Drei Häuser haben sich abgesondert, wie aussortiert stehen sie da. Das von Hellmanns, weil es zu groß ist, um zu den anderen zu passen, denn Hellmanns sind sehr reich und sehr mächtig. Das zeigt schon der riesige dampfende Misthaufen auf ihrem Hof, und deshalb haben die Bauern ihn auch zum Bürgermeister gewählt. Auf der anderen Seite des Dorfes steht die Villa von Herrn Dr. Schneider und seiner Frau. Ohne Misthaufen, aber trotzdem sind sie nicht arm. »Vor allem gebildet«, sagt der Vater. »Mit denen kann man sich vernünftig unterhalten. In der Welt herumgekommen und danach in die Heimat zurückgekehrt. Weil es dort am schönsten ist.« Hinter den anderen, unter den Birken, die vom Rüschenbacher Wald herüberwachsen, duckt sich das Haus von Henkels – ein Häuschen, windschief und grau. Henkels gehören zu den Geringen, und davon sind sie die Ärmsten. Haben kein Pferd und nicht mal eine Kuh, bloß zwei Ochsen, die den Pflug übern Acker ziehen. Milch gibt die Ziege, die hinterm Haus für schlechte Luft sorgt. Vorne stinkt der winzige Misthaufen, der noch viel kleiner gewesen wäre, wenn sie nicht die Erde darunter hochgeschaufelt hätten. Das hat der Opa gesehen. Der sieht nämlich alles.

»Vor allem jedem Frauenpopo hinterher«, sagt die Mutter. Obwohl sie sich darüber freuen kann, denn der Klauverdacht liegt hauptsächlich auf ihm. Jeder weiß, dass er immer was mitbringt zu seinen Schäferstündchen mit der Magd, auf der Wiese bei den Lämmern im warmen Sonnenschein.

Wir haben Eisblumen, die blühen den ganzen Tag. Wer malt uns diese Schönheit ans Fenster?

»Der Frost«, sagt die Mutter, »hoffentlich ist er bald vorbei.«

Onkel Franz hat im Radio gehört, dass es überall auf der Welt so kalt ist, sogar in den Ländern, wo sonst immer die Sonne scheint, aber der Vater schickt einen Zeitungsausschnitt, auf dem steht, wegen einer Amerikanisierung des Wetters wird es allgemein wärmer auf der Welt. Das hat nicht mal die Mutter verstehen können.

Dreizehn Grad minus zeigt das Thermometer am Hauseingang.

»Und da ist es noch windgeschützt«, sagt die Mutter.

Damit der Ofen nicht ausgeht, schickt sie mich zum Reisigsammeln. Richtige Arbeit, keine Bettelei, das tue ich gerne.

»Nicht bloß die vom Boden«, sagt die Mutter, »kannst ruhig die trockenen Zweige von den Bäumen knicken, wo du drankommst.«

Bis hinter Hellmanns war ich schon gelaufen, ganz nah an den Waldrand. Auf der Straße liegt nicht mehr viel, deshalb habe ich mich auf die Zehenspitzen gestellt und bin ziemlich hoch drangekommen. Ohne die Fäustlinge geht es viel besser. Der Korb ist fast voll. Ich bin eine große Stütze für meine Mutter, sie wird stolz sein auf mich und froh. Noch ein paar Kleine zum Anmachen und den ganz Großen da drüben, der hält was aus im Feuer, lange genug, bis die Milch kocht.

Dann ist der Blitz in die Hände gefahren, hat sie auseinandergerissen und sich bis zum Herzen durchgebohrt. Ich habe geschrien vor Schmerz und Angst, alles Gesammelte auf den Boden fallen lassen und ganz sicher gewusst: Jetzt ist es soweit, dies ist die Strafe Gottes für den Puppenmord, für den Zucker, für alles. Böse Hände vertrocknen oder fallen ab, meine verbrennen.

MAMA!

Die Großmutter kommt über die Dorfstraße gehumpelt, auf Pantoffeln mit dem Muff vorm Bauch, steckt meine Finger da hinein, reibt sie, drückt und knetet, bis ich nur noch Stecknadeln spüre und wieder atmen kann und denken und reden und mir die Tränen vom Gesicht wischen. Die verlorenen Zweige hat sie in den Korb zurückgelegt und den auf die Treppe gestellt.

»Geh nach Hause, Kind«, sagt sie und schlurft wieder zurück.

»Hast du eben so fürchterlich durchs Dorf gebrüllt?« fragt die Mutter, als ich hereinkomme.

»Ja.«

»Ach, du liebe Zeit«, sagt sie und geht raus, um den Korb zu holen.

Aus dem Schuppen neben dem Schweinestall, da, wo am Heiligabend das Christkind zu hören war, ruft im Frühjahr der Osterhase. Komisch, dass die Stimmen so gleich klingen. Auf dem Hofpflaster finde ich drei bunte Eier, die soll ich ins Körbchen legen und damit durchs Dorf gehen. Von Tür zu Tür. Anklopfen, freundlich gucken: Hat der Osterhase vielleicht etwas für mich dagelassen?

Nein, das will ich nicht.

»So'n Quatsch«, sagt die Mutter, »die anderen Kinder sind schon längst unterwegs, sogar die von Hellmanns und Schneiders, die es wahrhaftig nicht nötig haben. Das ist hier so üblich. Stell dich nicht an, beeil dich lieber, sonst haben dir die anderen schon alles weggeschnappt.«

Diesmal hat sie recht. Es geht ganz leicht. Wenn ich mit den anderen auf den Höfen stehe, legt die Bäuerin jedem ein Ei in den Korb. Ich muss nicht mal darum bitten. Manchmal darf ich mir eine Farbe wünschen, und später sind mehr Eier im Korb, als ich zählen kann.

»Siehst du«, sagt die Mutter, »hat sich doch gelohnt.«

Am Nachmittag zum Eierwerfen auf der Wiese hinterm Friedhof geht der Vater mit. Der weiteste Wurf gewinnt, aber nur, wenn das Ei ganz bleibt dabei. Dreimal ist der Vater Sieger gewesen, sein knallrotes Ei geht niemals zu Bruch. Ich habe alle Eier einsammeln dürfen. Warum haben die anderen so gemunkelt und getuschelt? Was ist los mit dem Ei?

Der Vater lacht, als wir mit dem vollen Korb nach Hause gehen.

Die Mutter macht Eiersalat, und der schmeckt uns allen gut. Das dicke rote Ei ist jetzt nicht mehr dabei, das hat der

Vater in seine Hosentasche gesteckt. Ein Zauberei nennt er es, und später stopft die Mutter darüber die Strümpfe.

Manchmal kommt der Lehrer ins Haus. Er bleibt unten in der Küche, redet mit dem Bauern über die Zensuren der beiden Jungen und freut sich sehr, wenn ich dabei bin. Dann hebt er meine Füße hoch und schiebt mich vor sich her. Schubkarreschieben nennt er das. Irgendwann kommt dann die Mutter herein und hat mich überall gesucht.

»Ach, Sie sind auch da«, sagt sie und reicht dem Lehrer die Hand.

»Ein reizendes Kind«, sagt der Lehrer, »genau so reizend wie die Frau Mama.«

Die Mutter wird rot und antwortet sehr fein: »Sie machen aber Komplimente, mein Herr.«

Zum Schluss geht sie mit dem Lehrer bis zur Hofecke. Da bleiben sie lange stehen. Einmal hat der Lehrer die Mutter auf den Mund geküsst, ganz kurz nur, aber trotzdem hat die Karin später gemeint, jetzt müsste sie den Lehrer heiraten.

Das geht aber nicht, weil sie schon mit dem Vater verheiratet ist, und den will ich ja behalten.

Tante Bertha sagt, der Lehrer sei ein feiner Mann und würde eigentlich besser zu ihr passen.

Die Mutter sieht zum Himmel, stöhnt und rauft sich die Haare. »Ja, ja«, sagt sie, »recht hast du, aber irgendwie hänge ich an meinem Mann, und da ist ja auch noch das Kind … obwohl ich manchmal denke, man hat doch nur ein Leben, und uns haben sie so viel genommen und … Was machst du denn hier?« sagt sie zu mir und schweigt.

Am Morgen macht sie sich auf den Weg in die Stadt. Mir hängt sie den Rucksack über die Schultern. Eier sind drin, Speck und ein halbes Bauernbrot. Den Pappkoffer hatte sie mit Kartoffeln befüllt, der zieht ihr die Arme lang. Am Rüschenbacher Berg muss sie alle paar Meter die Seite wechseln.

Die Wollstrümpfe beißen mir in die Waden, an den Oberschenkeln haben sich die Strumpfhalter festgesaugt, und bei jedem Schritt zieht sich das Leibchen ein Stück höher.

Vor dem Ortsschild Gladenbach stellt die Mutter den

Koffer zum ersten Mal ab. »Geschafft«, sagt sie, »Gott sei Dank.«

Beim dritten Umsteigen gibt es Schwierigkeiten. Dieser Zug darf nur von Personen mit Berechtigungsschein benutzt werden, hat die Mutter auf dem Schild gelesen.

Sie hat keinen Berechtigungsschein, aber einen Ehemann in der Stadt, der bei der Bahn arbeitet, und das scheint dem Mann mit der roten Mütze zu gefallen.

»Ja«, sagt er, »warten Sie mal, bis der Zug einläuft, das geht dann schon in Ordnung.«

Der Zug kommt an, und die Mutter wartet. Die Leute steigen ein, und die Mutter wartet.

»Worauf denn?« fragen die Leute.

»Der Beamte will uns Bescheid geben«, sagt die Mutter mit stolzer Miene und wartet.

»Steigen Sie doch ein«, sagen die Leute.

Die Mutter winkt dem freundlichen Beamten zu: »Können wir?«

Aber der dreht sich um und erkennt uns nicht mehr.

Alle sind drin, nur die Mutter will noch weiter warten.

»Steigen Sie doch endlich ein«, sagt einer und hält ihr die Tür auf.

»Aber der Beamte ...«, stottert die Mutter.

»Merken Sie denn nicht, dass der nichts merken *will*?«

»Ich habe doch keinen Berechtigungsschein«, sagt die Mutter.

»Wir doch auch nicht!« rufen die anderen. »Los, kommen Sie!«

Türen schließen, Vorsicht an der Bahnsteigkante. Der Zug fährt sofort ab.

Den Koffer hebt sie hinein und mich gleich hinterher, ich halte die Luft an und ersticke die Angst in meinem Herzen. Aber da ist ja auch schon die Mutter im Zug. Das Weinen hätte sich gar nicht gelohnt.

Der Beamte hält die Kelle hoch, und der Zug fährt los. Als wir an ihm vorbeikommen, schlägt er die Tür von außen zu, winkt und lacht uns freundlich an. Hat uns endlich wiedererkannt.

Meine Heimat sei es, sagt die Mutter, weil ich hier geboren bin. Warum ist mir denn alles so fremd? Der graue Fluss, so breit, dass ich auf der anderen Seite kaum etwas erkennen könnte, selbst wenn ich dort drüben etwas kennen würde, die hohe Kirche mit den zwei Türmen, die bis zum Himmel wachsen, an denen mir schwindlig wird, wenn ich daran hochgucke, »außerdem katholisch«, sagt die Mutter. Und sonst, wohin man guckt: ausgebrannte Häuser, durch die der Wind heult. Keine gepflasterten Höfe, nirgendwo ein Misthaufen oder ein Blumenbeet. Der Himmel ist voller Wolken und die Stadt voller Menschen, von denen mich niemand kennt. Wie sollen wir hier meinen Vater finden?

Die Mutter weiß den Weg. Sie klettert mit mir über Schutt und Geröll, steigt über Pfützen und Eisenstangen und sagt: »Hier fängt die Neusser Straße an.« Der Vater wohnt im dritten Stock, möbliert, zum Hinterhof hinaus. »Da ist es schön ruhig«, sagt die Mutter und klingelt.

Auf jedem Treppenabsatz bleibt sie stehen und japst nach Luft wie am Rüschenbacher Berg.

»So eine Überraschung!« ruft Frau Lübke. »Da wird sich Ihr Mann aber freuen, wenn er kommt.«

Durch die offene Tür kann man in die Küche sehen.

»Hoher Besuch!« ruft der Mann aus dem Lehnstuhl. Er steht nicht auf, um die Mutter zu begrüßen, und als ich ihm die Hand geben will, vergreift er sich dreimal. »Bist aber ein hübsches Mädchen«, sagt er, »genau so schön wie deine Mama.«

»Er ist blind«, sagt die Mutter, als sie die Tür zugemacht hat.

»Und wieso sagt er, ich bin hübsch und du schön?«

»Er nimmt sich selbst ein bisschen auf die Schüppe.«

Nach der Schüppe kann ich sie nicht fragen und auch sonst nichts, denn von nun an hat die Mutter keine Zeit mehr, weil sie sich gleich drangeben muss, das Bettzeug zu schütteln wie Frau Holle, über den Tisch zu wischen und das Fenster zu putzen, bis es nur so blitzt. Hausfrau hat sie sein müssen, weil die hier fehlt.

Ich bin im Zimmer umhergegangen, habe den Stuhl und

die Decke im Bett gestreichelt und mir vorgestellt, wie mein Vater hier schläft und isst und an mich denkt.

Wenn man am Kran dreht, fließt Wasser ins Waschbecken, und darüber hängt ein Spiegel, in dem ich mir selbst in die Augen sehen kann, wenn die Mutter mich hochhebt.

Bin ich denn schön?

Als der Vater heimkommt, sitzen wir nebeneinander und kerzengerade auf dem Sofa, damit er uns gleich von der Tür aus sehen kann. Er hat geweint vor Glück und uns beide gleichzeitig umarmt.

Die Speckeier schmecken hier viel besser.

»Bald«, sagt der Vater, »bald hole ich euch zu mir, dann bleiben wir für immer zusammen.«

Die Mutter guckt zum blanken Fenster hinaus bis zum nächsten Hinterhaus und sagt kein Wort.

Die Heimfahrt geht schnell. Abends um halb elf sind wir schon wieder am Gladenbacher Bahnhof. Alles ist leicht geworden. Den leeren Rucksack hat die Mutter in den Koffer gelegt. Die Straßen sind still, und das Licht scheint so warm aus den Fenstern.

»Komm, mein Mädchen«, sagt die Mutter und nimmt mich fest an die Hand. »Jetzt noch ein Stündchen zu Fuß, dann sind wir wieder in unserem gemütlichen Stübchen.«

Hinterm letzten Haus schlägt der Wald stockfinster über uns zusammen. Die Tannen jaulen, und die Büsche greifen nach mir. Im Graben liegen die Räuber, die schlagen dir für einen Koffer voll Kartoffeln den Schädel ein, hat der Vater gesagt.

»Dummchen«, sagt die Mutter und greift mich fester. »Der Koffer ist doch leer.«

Ob die Räuber das wissen?

»Von oben schaut der liebe Gott auf uns herunter«, sagt sie, »der passt auf uns auf.

Wem Gott will rechte Gunst erweisen,
den schickt er in die weite Welt,
den lässt er seine Wunder preisen
in Berg und Wald und Flur und Feld ...«

Sie singt nur die erste Strophe, zwanzigmal, bis zur Kreuzung oben am Waldrand, von wo man schon die Häuser von Rüschenbach sehen kann.

Jetzt ist die Angst verflogen, bergab wiegt das Herz ja viel leichter.

»Wenn ich ein Vöglein wär
und auch zwei Flügel hätt,
flög ich zu dir.
Weil's aber nicht kann sein,
weil's aber nicht kann sein,
bleib ich allhier.«

»Wer ist *Dir*?«

»Einer, den man schrecklich lieb hat, aber nicht erreichen kann«, sagt die Mutter.

»Wie der Lehrer, den du nicht heiraten kannst wegen Papa?«

Darüber wird die Mutter sehr ärgerlich. »Was soll denn der Lehrer damit zu tun haben?« sagt sie, obwohl wir eben gerade am Schulhaus vorbeikommen. »Ein Kind kann das singen, eines, das zu seiner Mutter will.«

Ja, das gefällt mir noch viel besser.

Fast bis Mittag habe ich geschlafen am nächsten Tag und leider mein Marmeladenbrot verpasst, aber alles kann ja gar nicht mehr schlimm sein, seit ich weiß, wo ich hingehöre.

Auf der anderen Straßenseite steht Gretel und füttert die Hühner.

»Bei meinem Vater war ich, in der großen Stadt bei meinem Vater, und da gehe ich bald für immer hin.«

Vor Staunen bleibt ihr der Mund offen, nichts hat sie mehr sagen können, die bucklige Gretel.

Ich habe an die Wurstsuppe denken müssen und an den Bullen und mir ganz fest vorgenommen, schön zu werden und so gut, dass sie alle staunen und sich schämen müssen, für alles. Und habe mich sehr gefreut auf das Leben und auf alles, was dazugehören könnte.

An der linken Hofecke im Regenmatsch neben der rostigen Tonne liegt die schwarzweiße Katze. Ganz unverletzt sieht sie aus, als ob sie schläft, so wie die Familie vom Vater damals in der Bombennacht.

Ich habe auf den schlaffen Bauch gestarrt und auf den roten Blutfaden, der aus der Schnauze hing, und die Traurigkeit in meinem Herzen hat sich schnell mit der Angst und dem Grauen gemischt. Denn wenn auch Gretel herüberruft, ein Pferdehuf hätte die Katze getroffen, bin ich doch ganz sicher, dass die Mutter irgendwie damit zu tun haben muss.

Hinterm Feuerwehrteich grabe ich ein Loch, lege die Katze hinein und decke sie zu mit Erde und Gras. In die Mitte des Hügels stecke ich einen Haselnusszweig, der war wie ein Kreuz geformt.

Abends stellt die Mutter den Topf im Flur aufs Kommödchen. »Die klaut mir keine Milch mehr«, sagt sie.

Dass ich weine, habe ich sie nicht merken lassen.

Es ist Sommer, ich darf Söckchen tragen und den Korb mit Kaffee und Kuchen aufs Feld.

»Trödel nicht rum«, sagt die Bäuerin und gibt mir den Hund mit.

Überm Boden funkelt es, wie von tausend Edelsteinen. Die Käfer haben sich unter der Sonne ausgebreitet, als wollen sie in den warmen Strahlen baden. Schnurstracks bin ich über den staubigen Wiesenweg gegangen, habe nichts verschüttet und keinen Streusel genascht. Der Korb hängt mir schwer im Arm, mal in dem einen, mal in dem anderen. Mit langen Sätzen ist der Hund vor mir hergelaufen, und hinterm Bruch, wo ich mich noch quäle, ist er schon da.

Als sie mich sehen, lassen sie die Arbeit sein und freuen sich über mich und den vollen Korb. Den stelle ich am Feldrand ab, da, wo sich am Graben ein Wiesenstück entlangzieht, falte das Küchentuch auseinander, lege es auf den Boden, stelle den großen Kuchenteller darauf und gebe jedem einen Becher: dem Bauern, dem Opa, Ulrich und seinem Bruder Erich, der Magd, der Mutter, und dann ist sogar noch einer für mich dabei.

Es riecht nach Erde, nach Schweiß und nach Klee und nach

den Pferden, die weiter hinten zwischen den Pflugdeichseln stehen und sich gegen die Fliegen wehren. Kein Kuchenkrümel bleibt übrig, kein Kaffeetropfen. Der Opa liegt auf dem Rücken und macht die Augen zu. Der Bauer legt sich platt daneben. Ulrich und Erich bewerfen sich gegenseitig mit Erdklumpen, die bis zur Magd spritzen.

»Ihr Dreckferkel!« schimpft sie und setzt sich ein Stück weiter ins Gras.

»Bist ein tüchtiges Mädchen«, sagt die Mutter und schiebt sich die schwarzen Stiefel von den Füßen.

Das Flugzeug am hohen Himmel summt sein Solo im Sommerchor. So still habe ich dagesessen, dass ein gelber Schmetterling sich auf mein Bein setzt und mit den Fühlern über mein Knie reibt.

Später sammle ich die Becher ein, rolle das Tuch zusammen und verpacke alles mit der Kanne im Korb. Die Mutter zieht sich wieder die Stiefel an und geht zu dem Pferd, das ihren Namen trägt.

»Na, meine gute Lotte«, sagt sie und streichelt ihm über die Nase.

Und was war mit dem Sauerbraten vom Pferd, vor dem sie sich so geekelt hat? Hat sie das vergessen, oder hat sie mittlerweile ihre Meinung geändert?

Bei Hellmanns steht die Stalltür auf, und eine Menge Leute starren hinein, wo der Bulle die Kuh unter sich zu begraben versucht. Mit seinem ganzen Gewicht hat er sich von hinten auf sie gehängt, und mit den Vorderhufen hält er sie eisern umklammert, obwohl die dumme Kuh sich ja gar nicht wehrt. Steht still da und käut wieder.

Beckers Ältester, der dieses Jahr aus der Schule gekommen ist, grinst und klopft dem Bürgermeister auf die Schulter. »Ein richtiger Draufgänger, unser Bulle. Wie der Herr, so 's Gescherr.«

Aber der Großbauer Otto Hellmann bläst weiter seine Pfeifenkringel in die Luft. »Abwarten«, sagt er, »das hier kann jeder. Aufs Ergebnis kommt es an.«

»Warum tut denn keiner was dagegen?« frage ich die schwarze Karin, die mit Gretel und den anderen auf der Blumenkiste sitzt.

Die Karin lacht. »Mein Gott, bist du blöd«, sagt sie, »das macht denen doch genauso viel Spaß, als wenn dein Vater das mit deiner Mutter macht.«

»Niemals!«

Jetzt hatten sie auch noch den Vater mit dem Bullen verglichen!

Ich renne nach Hause, stelle den Korb auf den Tisch und setze mich auf den Boden, mitten hinein in den warmen Sonnenkreis.

Warum gehöre ich nie wirklich dazu? Den Kuchen aufs Feld bringen darf ich, manchmal auch die Wäsche auf der Wiese mit der Wasserkanne begießen, damit sie schön bleich wird. Aber freitags, wenn am Backhaus das Backespill beginnt, stehe ich daneben und sehe nur zu. Meine Mutter darf nichts backen, nur Brot kaufen, aber nie selbst den Teig rühren und das Feuer schüren und mit dem großen Holzschieber Brot und Kuchen in den Ofen schieben. Jeden Freitag legen sie die Reihenfolge fest mit dem Backespill der Kinder. Die Regeln habe ich nicht verstanden, hat mir auch nie einer erklären wollen. Ich wohne im Dorf, spreche die Dorfsprache, kenne alle Namen und würde gerne die Bäuerin vom Bauer Ulrich werden (später, wenn ich groß bin), obwohl die Mutter sagt, bis dahin sind wir hoffentlich schon lange weg.

Vorher aber möchte ich so gerne ein einziges Mal beim Backespill mitmachen dürfen.

»Nein«, sagt die Gretel, »du nicht. Du bist ja nur ein Flüchtlingskind.«

»Das stimmt nicht! Wir sind evakuiert, und das ist ja längst nicht so schlimm!«

Das Kirchglöckchen bimmelt heiser, das Dorf steht still. Alle sind zur Schmiede gegangen, nur die Mutter hat keine Zeit. Vor der Tür habe ich in der Reihe gestanden und gewartet. Dann bin ich mit den anderen langsam durch den Flur gegangen bis in die Kammer, zum Bett und einmal drum herum. Einer liegt drin, der schläft. An den Füßen trägt er noch die Stallstiefel, mit denen er sonst auf dem Dorfplatz tanzt: tschak tschak. Das hatte mir sehr gefallen.

Jetzt liegen seine starken Arme auf der Brust über Kreuz. Die Finger sind ineinandergeklemmt wie zum Beten.

Warum sagt er denn nichts?

Dass er tot ist, haben die Leute geflüstert. So jung noch, der Arme. Ein Fremder zwar, ein Ausländer, aber schlecht ist er nicht gewesen.

Und wenn ich ihn bitten würde? Bela, steh auf. Ob er mir den Gefallen tut, nochmal lacht mit seinen weißen Zähnen und mich »kleine Goldmarie« nennt, mit diesem ›R‹, das mir so schön über den Rücken rollt?

»Geh endlich weiter«, sagt Beckers Frieda. »Du hälst ja den ganzen Verkehr auf.«

Der Vater hat den Mörder gekannt. Tetanus hieß er und war mit der Mistgabel gekommen, winzig und flink.

»So schnell kann es gehen«, sagt der Vater. »Man muss aufpassen, immer und überall.«

Dass Onkel Franz malen kann wie keiner sonst, weiß ich seit langem, aber jetzt hat er etwas Neues geplant. In die Einfahrt zu Schneiders, direkt vor den großen Torbogen, stellt er ein Kasperletheater auf und verkauft Eintrittskarten. Aus Steinen und Brettern hat er Bänke gebaut.

Danach weiß ich, was ich werden will, fange gleich mit dem Proben an, mache Stimmen nach, weine wie Aschenputtel am Grab seiner Mutter, lache wie die Goldmarie, rede vornehm wie eine Prinzessin und kreische wie einer der sieben Raben. Selbst der Froschkönig macht mir bald kaum noch Schwierigkeiten. Jetzt fehlt nur noch ein Publikum, jemand, der bravo ruft und klatscht. Die Mutter klatscht nicht. Sie klappt das Märchenbuch zu und sagt: »Es reicht.«

Die großen Kinder planen einen Zirkus. Sicher werden sie mich bitten mitzumachen. Ich übe noch mehr Tierstimmen und bin gut vorbereitet. Als Peter und Erna an unsere Tür klopfen, wollen sie bloß Eintrittskarten verkaufen.

Ich bin rausgegangen in Richtung Hellmanns, da, wo sie auf dem großen Wiesenstück alles aufbauen, Purzelbäume und Pferdewiehern üben. Zweimal bin ich vorbeigeschlendert, so ohne Absicht, wie zufällig, habe nicht hingesehen und einfach weiter meine Rollen geübt. *Sie ist so schön, oh mein Gott, ich muss sie küssen!* Und dann sagt einer: »He, du, willste mitmachen?«

In mir drin hat es ganz laut juchhu geschrien, aber ich habe nur »hm« gemurmelt, obwohl mein Herz dabei einen solchen Sprung macht, dass ich schon wieder Angst bekomme, weil es so aussieht, als ob mir auch das Theaterspielen gefährlich werden könnte, aber da war schon die große Margot aufgestanden und hatte gerufen: »Was soll sie denn machen? Sind doch schon alle Rollen besetzt.«

»Sie kann doch beim Eingang die Karten abreißen!« ruft Rudolf.

»Nee, geht nicht, heute nachmittag kann ich sowieso nicht«, habe ich gesagt, bin nach Hause gelaufen und habe aus dem Fenster geguckt und gar nichts sehen können. Die Sehnsucht hat mich blind gemacht, und die Traurigkeit steckt im Hals und lässt sich nicht runterschlucken.

Am nächsten Morgen wird der Zirkus wieder abgebaut. Eine zweite Vorstellung sei nie geplant gewesen, sagt Margot. Doch von der Gretel weiß ich, dass niemand gekommen war zum Zugucken.

Übrigens hat Gretel auch nicht mitmachen dürfen. Aber bei der braucht einen das nicht zu wundern. So wie die aussieht, und so völlig ohne Talent …

Nachmittags bin ich an Barthens Stallmauer vorbeigeschlichen (hoffentlich merkt der Bulle nichts) bis zum Feuerwehrturm, dahinter liegt der Teich neben der großen Wiese und dem Bach.

Alleine ins Wasser zu gehen ist strengstens verboten, aber bin ich denn alleine, wenn die schwarze Karin, das Flüchtlingskind, schon mittendrin planscht? Ich ziehe meine

Schuhe aus, die braunen vom vorigen Jahr, zu klein geworden, aber die Mutter ist erfinderisch, hat vorne ein Loch reingeschnitten und sie Sandalen genannt. Jetzt schleifen die dicken Onkel übers Pflaster und lassen sich Hornhaut wachsen. Das Kleid über den Kopf gerissen, das Höschen bleibt an, das darf man nicht ausziehen, das gehört sich nicht, da müsste ich mich sehr schämen.

»Komm doch«, ruft die schwarze Karin, »komm doch!«

Eine Weile bin ich am Rand entlanggesprungen, manchmal in die Hocke gegangen, damit es aussieht, als wäre ich schon viel tiefer drin.

Die Karin hat hochmütig geguckt und gelacht und gerufen: »Bis hierher schaffst du es nicht, hier kannst du gar nicht stehen, bist viel zu klein, ätschi!«

»Stimmt gar nicht!«

»Dann zeig es mir doch, beweis es, komm her! Siehst du, du traust dich nicht«, ruft die Karin.

Einen Schritt weiter bin ich gegangen, und nichts ist passiert, noch einen und noch einen, bis das Wasser sich unterm Kinn zu sammeln beginnt.

»Du schaffst es nicht!« ruft die Karin und lacht und schraubt ihren Kopf hoch heraus. »Bist ja noch viel zu klein!«

»Bin ich nicht!«

Ich gehe auf die Zehenspitzen und schaffe noch ein Stückchen weiter, aber doch immer noch längst nicht zur Karin; die schlägt mit den Händen aufs Wasser, dass es mir in die Augen spritzt, und singt: »Du schaffst es nicht, du schaffst es nicht ...«

Da habe ich aufgehört zu denken und bin einfach weitergegangen und später auf der Wiese aufgewacht.

»Menschenskind«, sagt mein großer Cousin Günther, »wenn ich nicht zufällig hier Fußball gespielt hätte, dann wärst du jetzt mausetot. Die Karin hat geschrien, und ich habe dich im letzten Moment rausgezogen.«

Er trägt mich zu sich nach Hause, wo die Mutter mit seiner zusammensitzt. Als sie hört, was passiert ist, legt sie mich übers Knie und versohlt mir den nassen Hintern, dass es klatscht und spritzt und ich mir wünsche, doch besser im Teich ertrunken zu sein. Danach wickelt sie mich in eine Decke und schleppt mich heim.

»Und wo hast du dein Kleid?« fragt sie, »und die schönen Sandalen?« Ich solle endlich mit dem Heulen aufhören, denn wenn sie mich schlagen müsse, tue es ihr mehr weh als mir, sagt sie; aber das habe ich nicht glauben können.

Heiße Milch muss ich trinken und früh ins Bett.

»Auf den Bauch«, sagt sie, schiebt mein Nachthemd hoch und guckt nach den Würmern, damit ich besser schlafen kann. »Warum musst du mich so aufregen?« fragt sie, als sie zwischen den Pobacken rumpult. »Ich hab doch wahrhaftig Sorgen genug, so alleine, ohne Mann, mit diesen Geizhälsen von Bauern. Könntest du mir nicht wenigstens ein bisschen zur Seite stehen und helfen? Musst du mir das Leben noch schwerer machen? Was glaubst du, was mir der Papa für Vorwürfe gemacht hätte, wenn du wirklich ertrunken wärest? Versprich mir, dass du das nie mehr tust!«

»Ja!«

»Bestimmt?«

»Ja. Ganz bestimmt.«

Danach habe ich so lange geweint, bis sie mich in den Arm genommen und endlich wieder lieb gehabt hat.

Das weiße Smokkleid mit der riesigen Schleife am Hals hat sie mir angezogen und mir die Haare durchgekämmt, dass ich die Zähne zusammen beißen musste.

»Durch deine krause Mähne ist ja kein Durchkommen«, sagt sie. Sie trägt das blaue Kostüm mit den feinen weißen Linien, und ihre schönen Seidenstrumpfbeine stecken in Pumps, mit denen sie fast bis zur Decke wächst. Nur der Hut passt dazwischen.

Als wir auf dem Dorfplatz stehen, kommt Hellmanns Günther vorbei und lacht: »Richtig städtisch seht ihr aus!«

Die Mutter macht ein hochmütiges Gesicht und sagt: »Das sind wir ja auch ...«

Seit er über meine Beine gemäkelt hat, kann sie ihn nicht

leiden. Dass ich ein hübsches Kind sei, hatte er rumerzählt; nur schade, dass ich solche X-Beine hätte. Als die Mutter davon hörte, ließ sie mich vorgehen. »So'n Quatsch«, sagte sie danach, »der guckt wohl x- äugig!«

Der kleine Fotograf, der sich und seinen Kasten aufbaut, ist unzufrieden mit uns. »Ein bisschen weiter nach links … nein, nicht so viel … jetzt wieder ein Stückchen mehr nach rechts … so, genug, halt … aber noch einen halben Schritt zurück … einen halben, habe ich gesagt! So ist es gut, da bleibt der Sonnenwinkel erhalten und die Giebelecke mit drauf.« Selbst wenn er sich unter seinem schwarzen Tuch versteckt, müssen wir ihm gehorchen. »Bitte hierher sehen und gerade stehen. Nicht wackeln. Aber trotzdem nicht so steif. Ein bisschen natürlich, wenn ich bitten darf, das kann doch nicht so schwer sein!«

Ich habe einen Stein im Schuh.

Die Mutter flüstert: »Mach ein freundliches Gesicht.« Sie beugt sich hinunter zu mir, so weit, dass ihr der Hut über die Stirn rutscht und fast abgestürzt wäre.

Davon wird der Mann sehr ärgerlich. Er kriecht unter seinem Tuch hervor und schreit: »Kümmern Sie sich gefälligst nur um sich, damit haben Sie offensichtlich genug zu tun! Für die ordentliche Darstellung des Kindes werde ich schon Sorge tragen!«

Ich bin wütend, weil er so böse zu meiner Mama ist, aber die lächelt weiter, als wäre gar nichts passiert.

Endlich macht es Klick, und alles ist vorbei. Der Mann packt seinen Kram zusammen und sagt: »Nächste Woche, Freitag.«

Die Mutter zieht das Lächeln ein und die hochhakigen Schuhe aus.

»Ja, ja«, lacht Hellmanns Günther, der jetzt auf dem Rückweg ist. »Solche Absätze sind eben nichts fürs Dorfpflaster.«

Auf dem Foto, das wir eine Woche später in der Kreisstadt abholen, ist eine strahlende Frau zu sehen mit einem schlechtgelaunten Kind an der Hand. »Da sehen Sie, wie Sie sich um das Kind gekümmert haben«, sagt die Mutter. Jetzt bleibt der kleine Mann stumm.

Doktor spielen will ich nicht, auch nicht im Matsch graben. Selbst Rollerfahren macht mir keinen Spaß, und die Kleinen herumtragen hat mir die Mutter verboten. Ich will zu den Großen gehören, mitlaufen, wenn sie zur Schule gehen. Das ist ein Gedränge und Geschubse, die Tornister tanzen hin und her. Ich habe die Tafel in das kleine Perlentäschchen gequetscht, hänge es über meine Schultern, damit es mithüpfen kann. Einen Griffel hat mir noch keiner geschenkt.

»Da schau her«, sagt der Lehrer, »eine Neue! Welch eine schöne Überraschung. Nehmt euch ein Beispiel, ihr anderen! Da ist eine, die noch nicht muss und doch schon was lernen will. Sehr brav, mein Kind. Setz dich, dort ist noch ein Platz frei, und sei schön ruhig, aber wenn du eine Antwort weißt, darfst du sie sagen.«

Zwei und zwei ist vier. Zwei weniger eins ist eins, und wenn einer vier Äpfel an zwei Kinder verteilen will, bekommt natürlich jedes Kind zwei Äpfel. Schule ist wirklich nicht schwer.

»Willst wohl gleich die Beste werden«, sagt der Lehrer, aber dann muss er die Türe aufmachen, weil es geklopft hat und die Mutter reingelassen werden will.

»Da hinten sitzt sie«, sagt der Lehrer, »und gestört hat sie überhaupt nicht.«

Ganz nah steht er bei ihr, als er flüstert, und die Mutter sieht so klein aus neben ihm und ganz rot im Gesicht, und plötzlich ruft sie: »So, Kind, nun komm schnell mit nach Hause! Überall habe ich dich gesucht und alle Leute gefragt. Glücklicherweise hatte dich Krämers Liesel mit den anderen zum Dorf rausmarschieren gesehen.«

Ich laufe zu ihr und mit ihr zur Tür hinaus.

»Schade«, flüstert der Lehrer, wahrscheinlich, weil ich nicht länger bleiben kann.

»Das darfst du nie mehr tun«, sagt die Mutter. Sonst nichts. Keine Schimpfe, keine Haue.

Am Abend ist alles so wie ganz früher, als ich noch sehr klein war. Die Mutter hat sich auf den Sessel neben den Ofen gesetzt, mich auf den Schoß genommen und Märchen erzählt. Die Herdtür steht offen, damit es heller wird und warm.

Mir ist auch warm geworden, tief innen drin, ich bin so froh, weil ich plötzlich wieder sicher weiß, wie lieb sie mich hat und ich sie.

Müde bin ich, geh zur Ruh,
schließe beide Äuglein zu.
Vater, lass die Augen dein
über meinem Bettchen sein.
Hab ich unrecht heut getan,
sieh es, lieber Gott, nicht an.
Deine Gnad und Jesu Blut
macht doch allen Schaden gut.
Alle, die mir sind verwandt,
Gott, lass ruhn in deiner Hand,
Alle Menschen groß und klein
sollen dir befohlen sein.
Kranken Herzen gebe Ruh,
nasse Augen schließe zu,
lass den Mond am Himmel stehn
und die stille Welt besehn.

Später im Bett liegen wir löffelchensweise, und wer noch was sagt, muss morgen einen Pfennig Strafe zahlen. Nichts rutscht mir heraus, nicht ein Muckser, so fest sind meine Lippen zusammengepresst.

Aber gleich nach dem Aufstehen klopft es an der Tür, draußen steht Schuberts Wilhelm mit einem dicken Brief vom Vater, und als die Mutter den gelesen hat, ist sie nicht mehr froh. Sie schiebt die Seiten in den Umschlag zurück, setzt sich auf die Kommode unters mittlere Fenster und starrt vor sich hin. Dann springt sie auf, nimmt mich an die Hand und rennt rüber zu Tante Bertha.

»Und mein Frühstücksbrot?«
»Später.«
Na gut, Hauptsache, sie wird wieder froh.
Statt mit der Kusine zu spielen, wie ich soll, horche ich an der Küchentür.

Wer ihm das wohl erzählt haben könnte, will die Mutter immer wieder wissen. Darauf weiß auch Tante Bertha keine Antwort, aber sie hat eine Idee, die der Mutter gefällt.

»Das wird das Beste sein!« ruft sie, rennt, ohne sich um mich zu kümmern, nach Hause, und als sie zurückkommt, trägt sie das blaugestreifte Jackenkleid und die kleine Tasche unterm Arm.

»Ich muss zum Papa«, sagt sie, »nur für einen Tag, aber diesmal ohne dich. Du bleibst bei Tante Bertha und kannst von morgens bis abends mit Waltraud spielen und mit ihr in einem Zimmer schlafen. Und sei schön artig, dass ich keine Klagen höre!«

»Und was ist mit meinem Marmeladenbrot?«

Tante Bertha drängelt: »Beeil dich, sonst kriegst du den Zug nicht!«

Beim Abendessen ist die Sehnsucht losgegangen, über Straßen und Schienen ist sie marschiert bis in die große Stadt, die Treppen hochgekeucht zum dritten Stock und hat sich an Mamas Arm gehängt.

»Graupensuppe mag ich nicht.«

»Iss«, sagt Tante Bertha. »Denk dran, was deine Mama gesagt hat: Du sollst artig sein!«

Ich habe alles hinter den Zähnen gehamstert und bin dreimal zum Hof aufs Klo gerannt. Danach war der Teller ziemlich leer.

»Na, siehst du wohl«, sagt Onkel Franz.

Hat er mich durchschaut und versteht mich?

Nach dem Essen muss Waltraud ins Bett. Ich auch. Obwohl ich älter bin.

Ich bin klein, mein Herz ist rein, soll niemand drin wohnen als Jesus allein ...

»So, schlaft schön, ihr beiden.«

Tante Bertha ist rausgegangen, durch die Glastür scheint das Licht vom Flur.

Wie soll denn Jesus in mein Herz kommen? Da passt er doch gar nicht rein.

Waltraud steckt die Nase durch die Gitterstäbe und flüstert: »Kuckuck!«

Sie ist ja noch klein und weiß wenig von den Sorgen in der Welt. Aber vielleicht erwartet sie etwas von mir, vielleicht bewundert sie mich, weil ich schon groß bin?

Ich fange mit der Vorstellung an: Schattenbilder zuerst, Hase und Schlange, danach das Betttuch über den Kopf: »Huh, ich bin ein Gespenst!« Meine Phantasie ist groß, ich weiß immer neue Figuren, Fratzen, Verrenkungen, Tierstimmen. Waltraud gefällt es, sie hüpft durchs Kinderbett und kreischt vor Vergnügen. Eigentlich müsste sie klatschen, aber immerhin ist sie begeistert; das ist schön, das spornt an. Mir fällt bestimmt noch mehr ein.

Nebenan werden Stühle gerückt. Jemand kommt über den Flur. Als die Tür aufgeht, liege ich unter der Decke, die Augen zu, atme ruhig und gleichmäßig. Onkel Franz schimpft ein bisschen, was denn hier für ein Spektakel im Gange sei, und Waltraud solle endlich Ruhe geben und sich ein Beispiel nehmen an der großen Karoline, die schon so brav schläft.

Waltraud hat natürlich nichts verstehen können, dafür ist sie noch zu klein, aber ich schwöre: Wenn mir mehr Zeit geblieben wäre, hätte ich sie gewarnt, ganz bestimmt. Dass es für mich so glatt gehen würde, hatte ich ja auch nicht wissen können und auch nicht geglaubt, dass ich es fertig kriege, mich so echt schlafend zu stellen, dass selbst Onkel Franz darauf hereinfällt. Das macht mich ein bisschen stolz. Waltraud ist ja nur ausgeschimpft worden. Wenn sie verhauen worden wäre, hätte ich sie ganz bestimmt beschützt.

In dieser Nacht kann ich nicht schlafen, sehe immer zum Gitterbett hinüber, wo die Kusine liegt, so friedlich, so still. Und hat nichts verraten.

Allerdings habe ich sie den ganzen nächsten Tag nicht aus

den Augen gelassen, damit sie mich nicht womöglich doch noch verpetzt.

Die Mutter lacht, als sie abends wiederkommt. »Wir wollen beide nochmal von vorne anfangen«, sagt sie, und jetzt sei alles wieder gut.

Und ob das Kind auch artig gewesen sei, will sie wissen.

»Ja, doch, wie Kinder so sind«, sagt Tante Bertha.

Wie fängt man wieder von vorne an? Kommt dann alles von vorher auf den Misthaufen? Ich will auch von vorne anfangen.

»Kein Tag wie jeder andere«, sagt die Mutter, aber ich kann nicht herausfinden, was so besonders sein soll an diesem Tag im Juni.

»Jetzt wird alles besser!« rufen sich die Leute zu und lachen. »Jetzt geht es bergauf!«

Wo doch bergauf immer alles viel schwerer wiegt ...

Die Mutter singt und sortiert. »Geh raus zum Spielen«, sagt sie.

Vor der Schmiede treffe ich Marie und Kati, Karin und Margret, auch Gretel ist da, und selbst die dreimalkluge Margot schlendert vorbei.

»Was sollen wir machen?«

»Roller fahren?«

»Keine Lust!«

»Verstecken?«

»Zu doof!«

»Nachlaufen?«

»Langweilig ...«

Ich habe die beste Idee: Bier trinken bei Schäfers in der Dorfschenke. Jeder geht heim, um Geld zu holen, denn die große Margot weiß, dass man bei Schäfers nichts umsonst kriegt.

Mit leeren Händen kommen sie zurück, nur ich winke mit dem Portemonnaie der Mutter. Sie war nicht da zum Fragen, aber was soll sie denn dagegen haben? Der Vater geht doch auch schon mal Bier trinken, und was der Vater tut, ist sicher nicht verboten.

Dass die anderen staunen und sich wundern, ist mir sehr recht. Allen voran marschiere ich zu Schäfers übern Hof, die Stiege hoch und die Schenkentür auf. Bim-bam, macht das Glöckchen und holt die Wirtin herbei.

»Bier für alle!« sage ich, als sie fragt, was wir wünschen, und gebe ihr gleich das Portemonnaie, damit sie nicht denkt, wir wollten irgend etwas umsonst.

»Hm«, sagt die Wirtin, bringt sechs Gläser, aber bevor die leergetrunken sind, steht die Mutter im Raum, zerrt mich vom Stuhl und schimpft:

»Sag mal, spinnst du? Nimmst das Portemonnaie mit dem guten neuen Geld und gehst damit in die Kneipe! Bier trinken! Ich begreif' das nicht. Diese vierzig Mark sind doch alles, was wir haben! Damit müssen wir erstmal auskommen, und du schmeißt sie gleich unter die Leute!« Sie fasst sich in die Haare.

Die Wirtin lacht. »Limo habe ich dene gegebe, abber vom Geld nix genomme. Deshalb hab ich ja glei rübergerufe, weil ich mir schon gedenkt hab: Da es ebbes net rischdisch. Sein Se mal net so streng mit ihr. Das machtse sicher net mehr. Gelle?«

Dass es zu Ende geht, merke ich am Sonntag nach der Kirche. Ich hatte wie immer vorne bei den Kindern gesessen, in der allererster Reihe, vor den Bäuerinnen mit den schönen Sonntagshauben, schwarz, steil und mit Spitze eingerahmt. Die Röcke so dick gebauscht, dass immer nur drei von ihnen in eine Reihe passen. Wochentags tragen sie graue Kleider, und die weißen Leibchen darunter bleiben auch nachts an, werden nur samstags gewaschen. Feierlich sitzen sie da und mittendrin die Mutter mit dem blauen Linienkostüm. Ein bisschen fremd sieht sie aus zwischen den Dorffrauen, aber wenn sie singt, hört sich das schöner an als bei den anderen. Von der Empore, gleich neben der Orgel, brummen die Männer beim Kirchenlied mit, bei der Predigt fangen sie an zu schnarchen und wachen erst zum Segen auf, weil es von da an nicht mehr weit ist bis zum Frühschoppen bei Schäfers.

Es ist genau wie immer gewesen: Singen, Beten, Zuhören und Orgelmusik, bei der ich manchmal weinen muss. Erst danach, vor der Tür, wo sich alle immer so herzlich begrüßen, als hätten sie sich wer weiß wie lange nicht gesehen, sich einen guten Sonntag wünschen und die Männer ihre Pfeifen anzünden, dass es zum Kirchturm qualmt, da dreht sich plötzlich alles um die Mutter.

»Ist ja wohl der letzte Kirchgang im Dorf gewesen«, sagen sie und wollen wissen, wann es losgeht.

»Morgen«, sagt die Mutter, und danach sprechen alle durcheinander.

»Wie schnell die Zeit vergangen ist! Drei Jahre! Aber man sieht es ja an dem Kind: mächtig gewachsen, die Kleine, und ganz schön kess. An der werden Sie noch Ihren Spaß haben, bestimmt, wie die mit den Augen glitzern und leuchten kann! Ja, lachen Sie nur, da habe ich einen Blick für!«

Sprechen die von mir? Was soll denn da glitzern, und leuchten kann ich auch nicht, sonst könnte ich bestimmt besser im Dunkeln sehen.

Was soll denn morgen losgehen, wieso streicheln mir alle über den Kopf und machen so sanfte Gesichter, und warum klopft mein Herz so laut und schnell, obwohl ich doch ganz still stehe?

Am Abend kommt der Vater, nimmt mich auf den Arm und sagt: »Von jetzt an bleiben wir zusammen, für immer, du und ich und die Mama, von morgens bis abends und jede Nacht. Morgens wecke ich dich mit einem dicken Kuss, und abends erzähle ich dir eine Gutenachtgeschichte, und sonntags gehen wir am Rhein spazieren und in den Dom.«

Noch einmal durchs Dorf, auf Wiedersehn sagen. Zu Hellmanns ins Herrschaftshaus, wo ich noch nie drin war, nur einmal vor der Tür gestanden habe, wegen der Eier vom Osterhasen; nach Bohnerwachs riecht es und nach Hühnersuppe. Zu Reuschers, gleich in die Küche, wo der Kohlgeruch nie verduftet. Zu Schneiders, die hochdeutsch sprechen wie die Eltern. Zu Schultens Christel, die mich so lieb hat, dass sie mir jedes Mal einen Apfel schenkt und jetzt sogar drei, für unterwegs. »Ach, wärst du doch meine«, sagt sie wie immer, denn ihr gehört überhaupt niemand.

Ganz zum Schluss gehen wir sogar zu Mertens. Die alte Oma steht auf der Außentreppe und schimpft mit der Magd, die beim Putzen Wasser verschwendet.

»Wasser spärn«, ruft sie mit ihrer dünnen Stimme. Aufrecht habe ich sie nie gesehen; sie geht, als hätte man angefangen, sie zusammenzuklappen, aber dann mittendrin aufgehört. Jetzt ist sie in der Taille abgeknickt und hat Mühe, geradeaus zu gukken. Ihre Stimme war es, die ich für die Hexenrolle einübte. Ihre Körperhaltung habe ich nicht lange aushalten können.

Der Vater lacht mit der Mertens-Bäuerin und geht in den Stall, wo der Mertens-Bauer sein soll. Ich bleibe bei Gretel am Hoftor.

»Bis dann«, sagt Gretel.

»Bis dann«, antworte ich.

Ganz früh am nächsten Morgen steht Krämers Herbert mit dem Leiterwagen im Hof. Darauf kommt alles, was uns gehört.

Die Bäuerin will mich nicht loslassen. Jetzt verliere sie ihre kleine Tochter, sagt sie, und ich gebe ihr einen dicken Kuss zum Trost. Erich macht einen tiefen Diener, das gefällt dem Vater. Auch der Bauer in der Sonntagsjacke sagt ganz feierlich auf Wiedersehen und meint es wörtlich. »Nichts für ungut. Wir machen alle Fehler, wir sind ja nur Menschen.«

Die Mutter hat ihre Lippen nach innen gezogen, guckt hochmütig und sagt trotzdem auf Wiedersehen. Der Opa lässt sich nicht blicken, auch die Magd ist nicht da. Wahrscheinlich sind sie unterwegs zu den Schafen. Ulrich steht neben der Stalltür, die Arme verschränkt, und guckt böse.

Der Vater setzt sich neben Krämers Herbert auf den Kutschbock, winkt allen freundlich zu und ruft »Danke für alles!«, was ihm die Mutter später vorwirft.

Bevor sie mich auf den Wagen heben, bin ich schnell zu dem Jungen gelaufen, habe mich fürs Schleifebindenbeibringen bedankt und für sonst alles, aber der Junge hat sich umgedreht und ist zu den Kühen gegangen.

Hoch oben auf den Koffern habe ich gesessen, habe gelacht und gewinkt und nichts fühlen wollen, das weh tut.

Vom Hof herunter, links um die Ecke, das hat mächtig geschaukelt. Am Dorfplatz haben wir angehalten, da standen Onkel Franz und Tante Bertha mit Waltraud auf dem Arm, Onkel Willi und Tante Else mit ihren Söhnen Günther und Alfred und meine zahnlose Oma aus dem fernen Ostpreußen. Sie alle winken und lachen und rufen: »Alles Gute und bis bald!«

Marie und Kati kommen angelaufen: »Mach's gut!« schreien sie. »Du kommst sicher mal zu Besuch, dann sind wir vielleicht auch nur zu Besuch hier!«

»Gelle, jo!« habe ich geschrien und »Macht's gut!« und die Sonne auf meinen Armen gespürt. Trotzdem ist mir was über den Rücken gelaufen, das mich frieren lässt, ganz kurz nur, denn jetzt fahren wir ja schon über die kleine Brücke geradewegs auf die Kirche zu. Keine Angst, die Pferde wissen, wo es lang geht, rechts in die scharfe Kurve, und hätten fast den Jungen überfahren, der da hinterm Busch vorkommt, auf uns zuläuft, drei Schritte neben dem Wagen her und mir schnell einen kleinen Blumenstrauß in die Hand drückt und schon wieder weg ist, kaum noch zu sehen, Ulrich, mein großer Bruder.

»Danke!« habe ich ihm hinterhergeschrien – hat er das noch gehört? – und mich so weit aus dem Wagen gelehnt, dass die Mutter mich festhalten muss, damit ich nicht herausfalle.

»Vergissmeinnicht – das will aber was heißen«, sagt der Vater und lacht.

Die Mutter sieht jetzt sehr traurig aus. Vergissmeinnicht hätte sie auch gerne bekommen, vom Lehrer. Wir fahren gerade an der Schule vorbei, und die Mutter quetscht mich so fest an sich, dass es weh tut.

Der Vater sitzt vorne und redet mit Krämers Herbert über diese Zeiten und jene, die Gott sei Dank vorbei sind und nie mehr wiederkommen dürfen.

Nur einmal dreht er sich um. »Ab jetzt«, sagt er, »wird alles besser, ab jetzt beginnt unser neues Leben.«

Nichts auf der Welt ist nur schön. Das merke ich bald. Zusammen sind wir, der Friede bleibt da, das Geld stabil, der Aufschwung beginnt, die Mutter kocht Linsensuppe, Pellkartoffeln und Bratwurst mit Zwiebeln, aber etwas ist für immer zu Ende gegangen: Nie mehr zum Waschen an die Pumpe, nie mehr den Blick nach draußen durchs Spundloch auf dem Plumpsklo im Hof. »Bleib bloß nicht zu lange«, hatte der Vater gesagt, »von den giftigen Dämpfen, die da hochsteigen, kannst du ohnmächtig werden, und wenn du ins Jaucheloch fällst, kann dich keiner wieder heraufholen.«

Das einfache Leben hat aufgehört. Von der dritten Etage läuft es sich nicht mehr so schnell hinunter, die Straße ist viel zu gefährlich, und wozu auch? Keine Marie, keine Kati, keine Margot, auch keine schwarze Karin und nicht mal die kleine Kusine Waltraud werden dort warten.

Ich bin ein Stadtkind und ziemlich allein. Ist meine Kindheit vorbei?

Am ersten Tag unseres Neuanfangs hat der Vater Geburtstag. Dreiundvierzig wird er, und die Mutter sagt: »Jetzt haben wir die besten Jahre schon hinter uns, und was haben wir bisher davon gehabt? Nur Entbehrungen.«

»So ein Unsinn!« lacht der Vater. »Bei einem Mann fängt das Leben doch erst mit vierzig an, sagt man, und bei mir ganz bestimmt. Und du bist doch eben gerade neununddreißig geworden, eine schöne junge Frau, *meine* Frau.«

Er nimmt sie in den Arm, aber sie drängt ihn weg, dekoriert die Trümmerblumen, die sie frühmorgens gepflückt hat, in ein Einmachglas und stellt sie mitten auf den Tisch. Das einzige Geschenk für den Vater.

Ich hätte ihm ein Bild malen können, aber niemand hat mir gesagt, dass heute sein Geburtstag ist.

»Mein größtes Geschenk seid ihr«, sagt der Vater, »dass wir endlich wieder eine richtige Familie sind, das habe ich mir so sehr gewünscht, und es hat sich erfüllt. Was sollte ich sonst noch haben wollen? Kommt«, sagt er, »ich habe mir extra heute noch frei genommen, um Zeit zu haben für euch, um rauszugehen, durch die Stadt zu laufen, damit das Kind seine Heimat kennenlernt.«

Die Mutter ist ja schon draußen gewesen, zum Blumenpflücken, das hat ihr gereicht. »Was gibt es denn da zum Kennenlernen? Ruinen und Dreck? Nein, danke! Außerdem ist das Frühstücksgeschirr zu spülen, und das Bett ist ja auch noch nicht gemacht.«

Der Vater nimmt mich an seine warme Hand, wie damals auf der Wiese, sicher und vertraut, führt mich durch seine und meine Heimat. Über Schutt und Steine müssen wir klettern und immer aufpassen, dass die Füße nicht umknicken. Woher die Trümmerberge kommen, will ich wissen.

Der Vater sagt: »Von den eingestürzten Häusern.«

»Und wer hat die kaputtgemacht?«

»Die Bomben, die da hineingefallen sind.«

»Sind die vom Himmel gefallen?«

»Nein, aus den Flugzeugen. Von den Tommies.«

»Warum haben die Tommies die Bomben geworfen?«

»Es wird wieder«, sagt der Vater statt einer Antwort und drückt meine Hand, »du wirst es erleben, alles wird wieder sein wie vorher, vielleicht sogar noch schöner. Wir müssen alle mit anpacken, wir sind doch immer fleißig gewesen, wir Deutschen; diese Eigenschaft hat uns keiner nehmen können, die Nazis nicht und auch nicht die Alliierten. Sieh dir diese Frauen an: Ihre Männer sind gefallen oder noch in der Gefangenschaft. Aber sie haben den Krieg überlebt, und jetzt krempeln sie die Ärmel hoch und packen mit an.«

Keine hat die Ärmel hochgekrempelt, weil die meisten von ihnen Kittelschürzen mit kurzen Ärmeln tragen. Aber sie haben Schaufeln in den Händen, und manchmal stellen sie sich gerade hin, wischen mit dem Handrücken über die Stirn und ziehen die Kopftücher zurecht, unter denen die Haare versteckt sind. Und lachen uns an.

»Wohinein sind denn ihre Männer gefallen?«

»In den Tod«, sagt der Vater, »in den Tod an der Front; das nennt man so.«

»Warum?«

»Weil sie hinfallen und nicht mehr aufstehen.«
»Warum bist du nicht gefallen?«
»Weil ich nicht an der Front war«, sagt der Vater.
Die Mutter spült zu Hause die Tassen, und der Vater ist nicht gefallen. Warum sind wir nie wie andere?
Als wir heimkommen, steht die Mutter auf einem Stuhl und schrubbt die Fensterrahmen am Oberlicht. »Jahrelang nicht geputzt worden«, sagt sie zur Begrüßung, und der Vater sieht irgendwie traurig aus. Er hat gedacht, sie hätte in der Zwischenzeit einen Kuchen gebacken oder wenigstens den Kaffeetisch gedeckt mit einem Marmeladenbrot für jeden, weil er doch heute Geburtstag hat ...
»Kuchen gebacken ...«, sagt sie, »dass ich nicht lache! Wovon denn? Und bevor ich mich mit irgendwas oder irgend jemandem gemütlich hinsetze, muss es um mich herum wenigstens ein bisschen gepflegt aussehen.«
Der Vater sagt nichts mehr. Ich drücke seine Hand und hole das Brot aus der Schublade. Als ich es auf den Tisch legen will, springt die Mutter vom Stuhl.
»Halt!« ruft sie. »Da kommt zuerst eine Decke drauf! Und krümele nicht so rum, ich hab gerade erst gekehrt!«

An diesem Abend wird meine Schwester Pesca geboren. Heimlich still und leise unter meiner Bettdecke. Und gleich so groß wie ich. Der zeige ich, wer ich bin; muss ich mich dafür schämen?
Sie lacht über meine Sorgen und sie verspricht, mir alle Ängste wegzuzaubern. Denn sie kann das, mit ihrem Lachen das Sonnenlicht anknipsen, auch plötzlich verschwinden und mit einem Schnippschnapp mitten in der tiefsten Dunkelheit wieder auftauchen. Von nun an werde ich mein Leben mit ihr teilen.

Nachts, wenn die Welt ganz still wird, sind die Stimmen von nebenan zu hören: eine helle und eine dunkle. Frau Lübke liest ihrem blinden Mann Geschichten vor, und er gibt seine Kommentare dazu.

»Eigentlich unzumutbar«, sagt die Mutter und dreht sich von einer Seite zur anderen. Am nächsten Mittag allerdings, als Frau Lübke fragt, ob sie vom Lesen gestört werde, hat die Mutter alles vergessen, lächelt zuckersüß und antwortet: »Nein, überhaupt nicht.«

Ist kein bisschen dankbar, dass ich sie am Arm zupfe und zur Erinnerung »doch« flüstere.

Ich fange wieder an mit dem Rollenüben und mit dem Tanzen, kleine Hüpfer nur, höchstens einmal drehen. Wenn ich dabei auf mein Herz horche und aufpasse, dass es nicht zu schnell klopft, werde ich davon nicht gleich sterben. Aber Frau Hungenburg, die darunter wohnt, befürchtet, davon umgebracht zu werden, sagt sie und verbittet sich dieses Herumgetrampele.

»Auf dem Bleidach kannst du spielen«, sagt die Mutter und führt mich da hin. Eine Treppe tiefer im Hinterhaus. Pesca lacht. So viel Platz und der blaue Himmel darüber, das wahre Paradies. Den roten Ball habe ich mitgenommen, zum Titschenüben, ein-, zwei-, dreimal, dann schon viermal, es wird immer besser. Wenn ich es abwechselnd rechts und links schaffe, kann ich damit vielleicht zum Zirkus.

»Herrgott im Himmel!« schreit Frau Neumann (die vom Pferdesauerbraten, den die Mutter nicht gemocht hat, und irgendwas hat sie auch mit der Puppenküche zu tun gehabt), »Herrgott im Himmel, das ist ja nicht zum Aushalten! Mach sofort, dass du da wegkommst. Das Bleidach ist zum Wäschetrocknen da und kein Spielplatz!«

Den Ball untern Arm geklemmt, habe ich mich an ihr vorbeigedrückt, bin die Treppe hochgeschlichen, habe dreimal geklingelt und die Zähne aufeinandergepresst. Pesca hat mir verboten, zu weinen.

Die Mutter zuckt die Schultern: »Dann mach was Stilles«, sagt sie.

Vom Fenster aus kann man andere Dächer und Höfe sehen. Mülltonnen stehen dort, statt Misthaufen, und Fahrräder. Kein Baum, kein Busch, keine Blume. »Hinterhofmilieu«, sagt die Mutter.

Manchmal lehnt sich jemand aus dem Fenster und schüttet Kartoffelwasser aus dem Topf oder Staub aus dem Putztuch, und einmal winkt mir ein Kind.

»Wie kommt man da hin?«

»Gar nicht«, sagt die Mutter, »die wohnen in anderen Straßen.« Sie seufzt: »Wenn ich daran denke, wie wir früher gewohnt haben. Da guckte man in einen kleinen Garten, und die Häuser dahinter waren hell und freundlich. Ein Chippendale-Wohnzimmer haben wir gehabt und eine richtige Küche. Mein Gott, für eine solche Küche würde ich was hergeben«.

Würde sie mich hergeben für die Küche?

Das Zimmer ist groß genug, daraus könnte man ohne weiteres eine ganze Wohnung machen. Gleich an der Tür wäre die Diele, um den Herd herum eine Küche, so, wie die Mutter sie sich wünscht. Sofa und Tisch stünden im Wohnzimmer, um das Bett herum wäre der Schlafraum, und die Ecke ums Waschbecken würde ich Bad nennen. Bliebe noch die Seite am Fenster: Das könnte die Spielecke sein.

»Und wie stellst du dir das vor?« fragt die Mutter. »Sollen wir Wände ziehen, oder was?«

»Nein«, (Pesca hatte die Idee gehabt) »mit Tüchern, die man von der Decke runterhängen lässt.«

»Dass ich nicht lache«, sagt die Mutter, »so ein Blödsinn!« Erstens sähe das aus wie bei Hempels unterm Sofa, und zweitens könnte man sich nirgendwo drehen, weil es so eng wäre. Man könne aus zwölf Quadratmetern keine Vierzimmerwohnung machen, sagt sie.

Hempels kenne ich nicht und auch keine zwölf Quadratmeter, aber ich bin sicher, es wäre richtig schön geworden bei uns, wenn sie mir nur ein bisschen geholfen hätte.

Das Zimmer ist endlich sauber. Unters Bett war sie gekrochen und hinter den Ofen, hatte auf dem Stuhl gestanden und das Schrankdach poliert.

Nun hat sich der Schmutz aus den Ecken in ihre Finger gegraben. »Sieh nur«, sagt sie und schickt mich runter zu Herrn Schmitz, dem im Nebenhaus unten die Drogerie gehört. Einen Bimsstein soll ich holen.

Kaufen, nicht betteln, eine wichtige Aufgabe. Mit der linken Hand halte ich das Geld, und mich mit der rechten am Geländer fest. Bims-stein. Für jede Silbe eine Stufe im Takt. Bims-stein, Bims-stein.

Draußen vor der Tür auf dem Bürgersteig steht eine, die schiebt ihren Puppenwagen hin und her und lacht, bleibt vor mir stehen und lässt mich hineingucken, das Puppenkind zu bewundern, und sagt, ihr Name sei Hildegard, sie wohne da oben, gleich über dem Schuhladen, wo der Besitzer Stempel heiße und besser gegenüber ins Schreibwarengeschäft passen würde, und dann fragt sie, ob ich mal zu ihr käme, zum Spielen …

Das macht mich so froh, dass ich nur noch nicken kann vor Glück und ganz verwunschen in den Laden stolpere … Dabei habe ich das Wort verloren.

»Einen … einen …«

»Ja, was denn?« sagt der Mann hinter der Theke und nimmt seine Brille ab.

»Einen …«

»Hast du es vergessen?« fragt er.

Ich nicke und schäme mich sehr.

»Wofür soll es denn sein, das was du kaufen sollst?«

»Für meine Mama, für ihre Finger, die so schmutzig geworden sind beim Putzen.«

»Einen Bimsstein vielleicht?«

Gerettet! Ich nicke und lache ihn an, und für lange Zeit halte ich Herrn Schmitz für den klügsten Menschen weit und breit.

Der Mutter sage ich nichts davon (dazu hatte Pesca geraten), und so ist sie sehr stolz auf ihr großes Mädchen gewesen, weil es ein so schweres Wort behalten hatte. Ein bisschen schäme ich mich deswegen und bin mir nicht sicher, ob es richtig ist, immer auf Pesca zu hören.

»Warum gehst du nicht mal mit ihr zum Spielplatz?« sagt der Vater, als die Mutter ihm abends von den Beschwerden der Nachbarn erzählt.

Am Nachmittag, als sie den Haushalt geschafft hat, geht sie mit mir hinunter, zur Tür hinaus, nach links und nochmal um die Ecke, über die Straße und … da ist der Platz. Mit Bäumen und Sträuchern, mit Bänken, einem kleinen Häuschen und einem riesigen Sandkasten.

»Na, bitte«, sagt sie, »hier kannst du spielen, hier verjagt dich keiner«, dreht sich um und ruft mir von der Ecke her zu: »Ich komm dich später wieder abholen!«

Die Angst schnürt mir den Hals zu, mein Herz klopft schnell und so laut, das hätte sie eigentlich noch hören müssen: Mama, Mama, bleib hier …

»Hast du etwa Angst?« ruft sie von der anderen Straßenseite her.

»Nein …« Das Wort kenne ich gar nicht.

Eine Tarnkappe wünsche ich mir, oder einen Zauberspruch, mit dem ich weit über mich hinauswachse, mindestens so groß werde wie die Margot, die immer mit allem und jedem zurechtkommt.

Ich gehe langsam weiter, zum Steinrand, setze mich auf die äußere Kante, male mit dem überstehenden Zeh ein Haus in den Sand. Niemand sieht mich an. Bin ich unsichtbar? Ich nehme Sand in die Hand, lasse ihn in das rote Förmchen laufen, das hat da so alleine gelegen, nahe am Rand.

Aber plötzlich schreit eine von der anderen Seite her: »He, gib das her! Das ist mir!«

Ich schmeiße es hinüber, es prallt gegen ihr Knie. Ja, wenn sie nicht aufpassen kann …

»Aua!« schreit sie und rennt zu ihrer Mama, die auf der Bank sitzt mit den anderen Müttern. »Aua, das fremde Mädchen hat mir weh getan!«

Wieder gehöre ich nicht dazu, bin das »fremde Mädchen«. Warum kann ich nicht im Boden versinken oder in den Himmel fliegen zum Herrn Jesus, der mich doch beschützen will oder soll und mich jetzt so mutterseelenallein lässt?

Endlich taucht Pesca auf. Sie entschuldigt sich sofort, lacht und fragt, ob sie nicht vielleicht doch mitspielen könne, sie habe ihre Förmchen vergessen, sei ja auch gerade erst angekommen in der Stadt. Und plötzlich ist auch das Mädchen vom Vortag mit dem Puppenwagen da, und alles ist ganz einfach. Pesca baut eine wunderbare Burg, die alle so schön finden, dass sie doch tatsächlich fragen, ob ich morgen wiederkäme. Als die Mutter mich abholt, freut sie sich, weil ich Freunde gefunden habe und sie sich von nun an um mich keine Sorgen mehr machen muss. »Ich habe ja wahrhaftig noch genügend andere«, sagt sie.

Auf unserm Tisch liegt ein Zeitungsblatt mit einem Bild, das ich nie mehr vergessen kann. *Ein Kind sitzt aufrecht im Kinderwagen, hat den Mund so weit aufgerissen, dass ich es schreien höre und seine Angst mir den Hals zuschnürt. Davor auf dem Schotterweg liegt die Mutter, niemand sonst auf dem weiten Feld, nur das Flugzeug darüber mit der Spitze nach unten.*

»Das ist Gott sei Dank vorbei«, sagt der Vater als er heimkommt, dreht das Blatt herum, und was da steht, ist so lustig, dass er es vorlesen muss. *In England nämlich haben sie die Versicherungsbeiträge für Fettleibige erhöht, weil Dicke früher sterben. 20% mehr müssen die jetzt zahlen, und besonders Beleibte riskieren sogar eine Erhöhung bis zu 70%.*

»Ist das nicht herrlich?« sagt der Vater. »Bei unsereinem kann man die Rippen zählen, und andere fressen sich zu Tode. Aber eigentlich eine gute Lösung, diese Tariferhöhung. Siehst du, Mama, wir werden hundert Jahre alt.«

»Ich werde lieber nur achtzig und bin heute schon satt«, sagt die Mutter.

Aber der Vater lässt sich die gute Laune nicht verderben. Er habe eine neue Stelle, sagt er; bei der Direktion, weg vom Schichtdienst, immer um fünf Uhr nachmittags frei, und er werde spätestens um halb sechs zu Hause sein.

Die Mutter sieht nicht so aus, als ob sie sich darüber freut.

Ein Wehrmutstropfen sei auch für ihn dabei, sagt der Vater. Seine schöne Uniform habe er abgeben müssen, und die sei doch ganz neu gewesen, weil die alte in der glühenden Asche verbrannt wäre.

»Daraus hätte ich mir gerne ein Kostüm genäht oder einen

Mantel für das Kind«, sagt die Mutter. »Hättest du nicht wenigstens die Jacke mitbringen können?«

»Nein, ein Beamter darf sich keine Unehrlichkeiten erlauben«, sagt der Vater, »aber sonst ist die Sache okay.«

Warum er plötzlich mit ausländischen Wörtern um sich werfe, will die Mutter wissen.

Er passe sich eben an, sagt er und lacht.

Der Dom wird siebenhundert Jahre, und das ist wirklich sehr alt. Das feiern nur der Vater und ich, »deine Mama ist nicht hier geboren und nicht hier zu Hause; da, wo sie herkommt, sind die Leute eben anders als hier«, sagt er.

Insofern braucht man sich nicht zu wundern, denke ich, dass sie lieber Tassen spült, als die Ärmel hochzukrempeln und sich für diese Stadt zu interessieren.

Ich bin hier geboren und will meine Heimat lieben. Das nehme ich mir vor fürs Leben.

»Zehntausende sind zum heiligen Festakt gekommen«, erzählt der Vater später der Mutter. »Von Maria Lyskirchen über den Heumarkt und den Altermarkt ist die feierliche Prozession gegangen.«

Aber die Mutter winkt gleich ab: »Verschone mich mit diesem unnötigen Pompgeschwafel«, sagt sie.

Mir hatten sie sehr gefallen, die Kardinäle und hohen Würdenträger der Kirche, und auch ihre schönen Gewänder mit den langen Schleppen, die von den Dienern hochgehalten werden mussten, damit nichts vom Staub der Straße darauffällt. Und davon gibt es reichlich.

»In den glitzernden Gefäßen werden Reliquien aufbewahrt«, erklärt mir der Vater.

Ich stelle mir vor, wie sie später auch meine Knochen so feierlich herumtragen, und das beruhigt mich sehr. Denn nichts kann so schlimm sein wie für immer verloren zu gehen.

Wir bleiben auf den Schuttbergen vor der Tür zusammen mit den vielen anderen, die nicht mehr ins Kircheninnere hineingepasst haben.

»Hat viel abgekriegt, unser Dom«, sagt der Vater, »aber er steht, und das ist ein Zeichen der Hoffnung für die Zukunft. Das haben auch die Herren von der Stadtverwaltung gesagt und in die Festschrift geschrieben: *Eins aber ist uns geblieben, woran sich der lebendige Sinn der Menschen aufrichten kann: unser Dom*«.

Wir bleiben, bis die Domtüren wieder aufgehen und die letzten Orgeltöne zusammen mit dem hohen Segen des Kardinals herausfliegen und geradewegs auf meinem Kopf landen.

Die e-Moll-Messe von Bruckner sei das gewesen, sagt der Vater, aber auch damit kann er der Mutter nicht imponieren.

»Alles überflüssig«, sagt sie, »sollten besser die goldenen Schreine einschmelzen und dafür Milch und Brot für die Bevölkerung stiften, und geradezu lächerlich dieser Gewänderkult, wenn unsereins fürchten muss, für den Winter nichts Warmes an den Leib zu bekommen.«

Als der Kardinal zu uns »Bürgern dieser Stadt« sprach, hat der Vater ganz fest meine Hand gedrückt, und ich habe zum allerersten Mal in meinem Leben wirklich dazugehört.

Wenn mir jemand im Treppenhaus begegnet, bleibe ich stehen, mache einen Knicks und sage guten Tag, und wenn ich ihn weiß, auch noch den Namen dahinter: Herr Neumann oder Frau Franzen. »So ein höfliches kleines Mädchen«, sagen die Leute dann.

Das macht die Mutter stolz und froh. Denn »so etwas fällt immer auf mich zurück«, sagt sie.

Zum Spielplatz gehe ich alleine; damit erleichtere ich ihr das Leben, sagt die Mutter. Ich habe vier Förmchen und darf nun auch mit den Förmchen der anderen spielen.

Einmal geht ein Mann quer über den Platz bis hinters Häuschen. Hedwig, die aussieht wie die schwarze Karin vom Feuerwehrteich, schleicht hinter ihm her und nimmt mich danach an die Hand, zieht mich durch die Büsche hinter das kleine Haus und zeigt mir das blaue Pulver, das der Mann dort ausgestreut hat, womit er uns vergiften will.

»Schon wenn du es unter die Füße kriegst, bist du morgen tot«, sagt Hedwig.

Ich traue mich keinen Schritt weiter und auch nicht zurück. Wo ist Pesca, was soll ich tun, wohin soll ich gehen? Plötzlich schimmert der ganze Boden so bläulich und schillernd, darunter lauert das Schreckliche; sobald ich drauftrete, platzt es hervor …

Mit einem Satz springe ich auf den Weg zurück, renne nach Hause, schiebe mir vorsichtig nacheinander einen Schuh mit dem anderen von den Füssen und lasse sie auf der Straße stehen, laufe auf Strümpfen die Treppe hinauf. »Verloren«, sage ich, als die Mutter wissen will, wo die Schuhe sind.

Sie glaubt mir nicht, läuft hinunter und findet nichts. Sie klatscht mir eine rechts und links und fragt sich, womit sie das verdient habe, und wie wir jemals zu was kommen sollen, wenn ich nicht mal auf die Schuhe an meinen Füssen acht geben kann.

Ich bin froh, dass die Giftschuhe geklaut sind, nur manchmal fürchte ich, dass ich damit Unglück auf andere gebracht habe, und dass der liebe Gott mich dafür bestrafen wird, irgendwann.

Zum Spielplatz gehe ich nie mehr, selbst dann nicht, als Pesca schon an der Tür auf mich wartet. Denn diesmal bin ich nicht sicher, ob sie mich vor der tödlichen Gefahr würde retten können. Ich bleibe im Zimmer. Die Mutter fragt, die Mutter lockt, die Mutter schimpft, dann zieht sie sich an, nimmt mich an die Hand und schleppt mich ins Nebenhaus, zum ersten Stock hinauf, zu meiner Freundin mit dem Puppenwagen. Von nun an spiele ich mal bei ihr, mal ganz leise bei mir.

Es gibt wieder eine Brücke, und der Vater geht mit mir hin, die Treppen hoch, über den Fluss bis zum anderen Ufer.

»Die *schäl Sick*«, sagt er.

Wohnen wir auf der *Tünnessick*?

Ich hüpfe vor ihm her und hinüber ans andere Geländer; mal sehen, was sich von dort aus sehen lässt, und wenn das

Auto nicht so schnell gebremst hätte, läge ich darunter, mausetot. Das wäre komisch gewesen: den Krieg überlebt und dann im ersten Straßenverkehr getötet – komisch und schlimm, wie der Tod von sieben Kindern, im Sommer beim Spielen mit alten Flakgranaten.

Der Vater hat geschrien und mich danach so fest an sich gedrückt, dass ich kaum noch Luft holen kann. »Gott sei Dank«, sagt er, »Gott sei Dank! Nicht auszudenken ...«

Im Dezember beginnt die Mutter zu jammern. Wie soll sie Plätzchen backen zum Advent – ohne genügend Fett und Mehl und Zucker und vor allem ohne Förmchen?

Ich frage Pesca, und die weiß die Lösung: meine vier Sandkastenförmchen, mein Besitz, an dem ich wirklich hänge. Ich reiße ihn mir vom Herzen, spüle den Sand ab, poliere die Ritzen und packe das ganze in eines der Blätter, die auf dem Tisch liegen und fürs Klo zurechtgeschnitten werden sollen.

Mit klopfendem Herzen gehe ich auf die Mutter zu, sage »Hier, Mama, für dich« und freue mich auf ihre Freude. Endlich etwas, womit ich ihr eine wirklich Hilfe anbieten kann.

Sie guckt erstaunt: »Ein Geschenk«, fragt sie, »für mich?« und packt langsam aus.

Ich kann es kaum erwarten. Von jetzt an wird sie Plätzchen backen können, so, wie sie sich das vorgestellt hat. Wie glücklich wird sie sein ...

Sie lacht, sehr lange und sehr laut. »Nein«, sagt sie schließlich. »Mit Sandkastenförmchen Plätzchen backen, wie soll denn das gehen?«

Ja, wenn sie das nicht selber weiß ... Die Förmchen habe ich wieder in meinen Spielkarton gelegt, und zu Nikolaus hat es kleine Brezeln gegeben, und Taler; die hatte sie mit der Tasse ausgestochen.

»Not macht erfinderisch«, sagt sie.

Am Tag nach Weiberfastnacht werde ich sechs. Diesmal hat die Mutter mir einen weißen Pullover gestrickt. Der Vater schenkt mir Buntstifte und einen Block. Die Zusammenlegung von Rot und Grün gefällt mir gut. Den Malblock nehme ich überallhin mit. Noch etwas schenkt der Vater mir: Hellgrün und krumm liegt es in meiner Hand. Ob ich wüsste, was das sei?

»Na klar, eine Gurke!«

Die Schalen müssen heruntergeklappt werden, und danach sieht das Ding innen ganz weiß aus und heißt Banane. Dass sie mir nicht schmeckt, kann der Vater erst verstehen, als er selbst probiert: »Noch nicht ganz reif«, sagt er, und das beruhigt mich, denn mit dem Vater will ich immer einer Meinung sein.

Drei Tage später geht der erste Nachkriegsrosenmontagszug durch die Stadt. Der Vater sagt, im vorigen Jahr wäre ja schon mal ein Probezug organisiert worden, als Einstimmung sozusagen, aber nun würden sie wieder an die alten Traditionen anknüpfen wollen – den Trümmern, dem Hungern, den Verlusten das Lachen entgegensetzen und den Frohsinn, der dieser Stadt und ihren Bewohnern immer geholfen hat. Er hängt sich eine rote Schleife um den Hals und bittet die Mutter, mir mit ihrem Lippenstift ein Clowngesicht zu malen. Das Motto heißt nämlich ›Mir sin widder do und dunn, wat mer künne‹, und der Vater meint, damit könne heutzutage jeder etwas anfangen.

Die Mutter sagt: »Ich nicht! Überall noch Trümmer! Und dann Karneval? Das ist eine Sünde! Zuerst sollte man mal zusehen, dass die Kirchen wieder zu benutzen sind. Aber das ist ja wieder mal typisch für euch: alles mit großem Tamtam, zuerst die Feier für den Dom, dann Karneval.«

»Bei uns gehört das eben zusammen«, sagt der Vater, »Kirche und Karneval, Tanzen und Beten, Singen überhaupt, ob Kirchenlieder oder Schunkelschlager – Hauptsache, man kann etwas zusammen erleben. Das ist ja überhaupt der Sinn solcher fröhlichen Zeiten.« Im übrigen lasse er sich nicht die Freude daran verderben, schon gar nicht von ihr; sie sei ja noch nie dafür gewesen, auch früher nicht. »Aber das Kind nehme ich mit.«

»Nein«, sagt die Mutter, »das Kind bleibt hier. Geh du alleine, wenn du meinst, ohne so was nicht auskommen zu können. Ich lasse jedenfalls nicht zu, dass mein Kind in falschem Denken aufwächst.«

Pesca schweigt, oder ist sie womöglich sogar mitgegangen?

Der Vater sieht mich nicht mal an. Er nimmt seinen Hut, geht hinaus, schlägt die Tür hinter sich zu, kommt noch einmal zurück und sagt mit heiserer Stimme: »Ohne Gruß und ohne Wort geh nie von deinen Lieben fort«, küsst die Mutter und streichelt mir über den Kopf. »Ich will nur mal kurz gucken, bin gleich wieder da«, verspricht er, macht die Tür wieder zu, ganz behutsam und leise.

Aber die Mutter weiß, was bei ihm »gleich« ist.

»Und getrunken hast du auch«, sagt sie, als er am Abend hereinkommt, den Hut in den Nacken geschoben, und singt:
»Wir sind die Eingeborenen von Trizonesien,
hei-di-tschimmella-tschimmella-tschimmella-tschimmella-bumm!
Wir haben Mägdelein mit feurig süßem Wesien,
hei-di-tschimmella-tschimmella-tschimmella-tschimmella-bumm!
Wir sind zwar keine Menschenfresser,
doch wir küssen umso besser,
wir sind die Einge…«
»Hör auf!« ruft die Mutter, hält sich die Ohren zu. »Das ist ja nicht zum Aushalten!«

Wo liegt Trizonesien? Und wen meint er mit den Mägdelein? Mich?

Die Schuhe zieht er aus, isst ein Butterbrot, das ihm die Mutter schmiert und mit dem Teller auf den Tisch knallt. Danach legt er sich quer übers Bett.

»Und fängt gleich an zu schnarchen«, sagt die Mutter und seufzt.

Nach Ostern soll die Schule anfangen, in der Steinberger Straße. Meine Freundin Monika vom Nebenhaus sagt: Auguststraße. – Steinberger! – Nein, August! – Nein, Steinberger … Wir streiten zum ersten Mal, müssen ihre Mutter fragen, die sagt:

»Du bist sicher evangelisch, dann kommst du nämlich in die Steinberger Straße. Die Volksschule in der Auguststraße ist nur für die katholischen Kinder.«

Es klingt wie ein Rauswurf. Ich gehöre schon wieder nicht dazu, jedenfalls nicht zu der richtigen Gruppe. Meine Freundschaft mit Monika ist damit zu Ende.

Statt der Spielstunden fängt die Mutter an, mit mir für die Schule zu üben. Buchstaben und Worte. »Da wird deine Lehrerin staunen«, sagt die Mutter.

Nach der ersten Unterrichtsstunde allerdings staune ich, weil die Buchstaben an der Tafel anders sind als die Zeichen, die meine Mutter mir zeigte.

»Ach so«, sagt sie, »ihr lernt jetzt lateinische Schrift und nicht die deutsche.«

Vorher sind wir zur Untersuchung gegangen, zum Wiegen und Messen, zum Abhorchen und mit der Hand-über-den-Kopf-Reichen bis zum gegenüberliegenden Ohr.

Ich bin groß genug, nicht mager und auch sonst gesund, und wo fast alle anderen zur Höhensonne und zur Zusatzschulspeisung dürfen, gehöre ich schon wieder nicht dazu.

Dann ist es soweit, der Tag zum Greifen nahe, nur noch einmal schlafen. Ich stehe auf der Straße, die Luft ist so leicht, ganz frisch und warm und voller Töne. Meine Mutter spricht mit Fräulein Lübke, die auf dem Weg zur Bibelstunde ist. Sie nimmt meine Hand in ihre, hält sie so locker, dass ich mich sicher fühle und doch frei.

Ab morgen gehe ich zur Schule, ab morgen gehöre ich dazu. Ab morgen bin ich groß, und vielleicht darf ich am nächsten Heiligabend endlich dem Christkind helfen.

Die Knie sind durchgedrückt, die grauen Strümpfe werfen zwei Falten. Die weißen Söckchen stülpen sich über die Schnürschuhe, der dunkelblaue Glockenrock ist am Saum hell verpaspelt. Die Träger sind kurz geknöpft, damit kann man den Rock später verlängern. Die Puffärmel enden überm Ellbogen, und am Hals kommt das Bündchen mit der Rockfarbe wieder. Die Zöpfe sind schon zu Affenschaukeln hochgebunden – soll ja gepflegt aussehen, das Kind. Das Goldkettchen mit dem Medaillon trage ich nur an diesem Tag, auch das Bettelarmband, das der Vater in den Trümmern gefunden hatte, kommt gleich danach wieder ins graue Strümpfchen hinein. Ums rechte Handgelenk ist es gewunden und der Arm darüber gegen den Körper gepresst, mit dem linken halte ich die winzige Schultüte fest. Dahinter lugt ein Eckchen vom Schulranzen hervor mit dem herunterhängenden Riemen. Das Gesicht ist wie zum Lächeln gezwungen, hätte lieber ernst ausgesehen oder von Herzen gelacht.

Schulanfang steht auf der Rückseite des Fotos

In der Schultüte stecken eine Tafel Schokolade und ein Apfel, von dicken Papierknäueln zu einer ordentlichen Höhe unterstützt. Es genügt. In meinem Herzen ist längst die ganze Ladung Glück angekommen.

»I-A-Köttela, kannst ja noch kein I und A ...«, singt es schadenfroh von der anderen Straßenseite herüber.

»Stimmt ja gar nicht!« schreie ich zurück. »Bin ja schon im Zweiten!« Die erste Lüge, Grundstein und Fundament für alle Kerker, in denen ich die Wahrheit gefangen halten werde.

Lesen lerne ich und Schreiben, Rechnen, Musik und Handarbeit. Sogar Turnen steht auf dem Unterrichtsplan, im Sommer auf dem Schulhof, danach im Milchkeller, wo der Schweiß zu Eis gefriert. Zusammen sind wir fünfundsechzig. Die Klassenräume nicht größer und wir Kinder nicht kleiner, aber an Enge gewöhnt.

Die güldne Sonne voll Freud und Wonne
gibt unsern Grenzen mit ihrem Glänzen
ein herzerquickendes liebliches Licht.
Mein Haupt und Glieder, die lagen darnieder,
aber nun steh ich, bin munter und fröhlich,
schaue den Himmel mit meinem Gesicht ...

Unser Morgengesang klingt laut und fröhlich. Wir wissen, dass es uns gut geht.

Ab September hängt in jedem Klassenzimmer ein Bild des neuen Bundeskanzlers. Marie streckt ihm, als wir daran vorbeigehen, die Zunge raus. »Der hat den Krieg gemacht, der Blöde«, sagt sie.

»Nein, Marie, der nicht. Mit dem Krieg, das war der Adolf. Der hier heißt Adenauer.«

»Ach so«, sagt Marie, »aber klingt doch so ähnlich.«

Wir sind auf neunundvierzig geschrumpft. Manche sind weggezogen, manche müssen in die Turmstraße, zur Hilfsschule, weil sie Probleme beim Lernen haben, stottern oder schielen.

Zwei Häuser neben uns verkauft Rosa Petry mit ihrem Mann Gemüse und Obst. Ihr Sohn hätte noch in den Krieg gemusst, sagt sie.

»Nein«, sagt ihr Mann, »*gewollt* hat er. Sechzehn Jahre ist er gewesen, noch ein Kind, und hat sich nicht verstecken lassen wie der Kurt von gegenüber, der im Keller gehaust hat bis zum Kriegsende, verdreckt und verlaust. Aber jetzt lebt er, und das könnte meiner auch noch.«

»Man muss es nehmen, wie es kommt«, sagt seine Frau, »wie es der liebe Gott geplant hat. Der Kurt hat Glück gehabt, und sein Vater auch: Der ist bei einem Bombenangriff zusammen mit seinem Bett vom zweiten Stock in den Keller gestürzt und am Leben geblieben.«

»Bloß seine Frau ist bei dem ganzen ›Heil Hitler‹ und Kriegsgeschrei durchgedreht«, sagt Herr Petry, »und jetzt im Irrenhaus« .

Vor langer Zeit habe ich Pflaumen und Äpfel vom Baum schütteln können, jetzt drückt mir Frau Petry schon mal ein paar Kirschen in die Hand. Sie mag mich, weil ich die Tochter meines Vaters bin, der damals mal in der Bibelstunde neben ihr gesessen hat.

»... als ich gelernt habe, evangelisch zu werden«, sagt der Vater. »Meiner Frau zuliebe!«

Die Mutter dreht sich zu ihm um und antwortet: »Das eine will ich dir sagen: Ich habe dich nie dazu gedrängt!«

Als der Vater zur Mülheimer Gottestracht gehen will, fragt sie, ob er jetzt doch wieder katholisch geworden sei, oder weshalb er zur Fronleichnamsprozession wolle. Als evangelischem Christ müsste ihm so etwas zuwider sein. Der Vater antwortet, in seinem Herzen bleibe er seiner Heimat verbunden, und die sei eben im Ursprung katholisch, und was die Mülheimer Gottestracht anbelangt, so sei die überkonfessionell, einfach ein kulturelles Ereignis, das es ja immerhin seit zehn Jahren zum ersten Mal wieder gebe, und wenn sie so wenig Verständnis dafür habe, nehme er eben nur das Kind mit.

Die Mutter sagt nichts dagegen, holt mich aus dem Bett und stellt mich vor sich ans Waschbecken, um mir beim Zähneputzen zu helfen. Der rote Strich auf meinem Arm, geratscht beim Spielen am Stacheldrahtzaun, ist aufgeplatzt und so ekelhaft gelb vereitert, dass mir schlecht wird. Ich falle nach hinten in den Schoß meiner Mutter zurück und komme erst im Bett wieder zu mir, als der Vater wütend seinen Hut in die Hand nimmt, zur Tür geht und ruft: »Wenn keiner mitkommen will, gehe ich eben allein zum Rhein und zur Gottestracht!«

Diesmal kommt er nicht zurück, um sich ordentlich zu verabschieden. Die Mutter schreit ihm hinterher, das Kind sei doch wirklich ohnmächtig gewesen, und er habe wohl den Verstand verloren vor lauter Tätärätätä. Aber das hört er nicht mehr, und ich verpasse das wunderbare Sakramentsschiff und alles andere und muss ein ganzes langes Jahr darauf warten.

Zum Drachenfels aber fahren wir alle zusammen; selbst die Mutter sagt, sie freue sich darauf.

Einen grauen Anzug trägt der Vater, mit weißem Hemd und Krawatte, den Hut korrekt auf die Kopfmitte gesetzt. Es wird heiß gewesen sein, ich habe Söckchen an, aber vielleicht sind es auch nur heruntergerollte Kniestrümpfe, die sich da über die braunen Schuhe wölben. Auch mir sitzt ein Hütchen auf dem Kopf, ein kleines rundes, und dem Esel haben sie eine dicke Decke über den Rücken gelegt, damit ich weicher sitze und mein weißer Mantel keine Flecken abkriegt. Die Mutter steht ziemlich krumm daneben und sieht mit dem geblümten Rock und dem Blazer etwas ärmlich aus gegen uns. Der gesamte hintere Teil des Tieres wird von ihr so verdeckt, dass der Vater jedes Mal, wenn das Foto gezeigt wurde, erklärend hinzufügte, die dort zu sehen-

den Beine gehörten seiner Frau und nicht etwa dem Esel. Der Hintergrund, der so echt aussieht, als wären wir schon auf der Bergspitze, ist nicht mehr als ein Gemälde, dort montiert, um die Lust auf Fotos zu vergrößern, und dem Fotografen wird wohl auch der Esel gehört haben, der da so geduldig die Augen schloss, egal, wer ihm auf den Rücken gesetzt wurde. Dünn oder gar unterernährt sieht keiner von uns aus auf dem Bild, aber vielleicht waren die Objektive damals schon gleich auf Verdoppelung eingestellt.

Wir gehen zu Fuß nach oben. Der Esel ist dem Vater entschieden zu teuer. Einen Nepp nennt er das.

Beim Runtergehen bin ich umgeknickt und hingefallen. Die Mutter wischt den Schmutz vom Knie, der Vater pustet auf die Wunde und rät mir zum Pipimachen, damit die Tränen umgeleitet werden. Steckt mir drei Stückchen in den Mund, die schmecken lange genug gut, um mich zu trösten – und war doch nur kleingeschnittene Brotrinde gewesen.

Die Mutter vermutet Wanzen unter den Matratzen, der Vater warnt vor dem Ofen, der schon mal Kohlenmonoxyd ausbläst, wovon man plötzlich tot sein kann, und das macht mir mehr Angst als die stechenden Käfer. Einmal gehen die Eltern ins Kino, und ich bin allein, halte die Augen offen, um den Ofen nicht daraus zu verlieren, und rufe gleich nach Frau Lübke, die den Herd nach allen Seiten hin kontrolliert.

»Völlig in Ordnung«, sagt sie, aber trotzdem bleibe ich wach und auf der Hut, nehme ein Blatt von meinem Zeichenblock, schreibe darauf *Ich singe Lider* und darunter die abgesungenen Titel: *Ich trag den Somerbaum, Die güldne Sone, Ge auf mein Härz* – alles in meiner eigenen Schreibweise –, schneide drei dicke Scheiben vom Brotlaib, lege die letzte Wurst darauf und bin sicher, meine Eltern werden von meiner Hilfsbereitschaft begeistert sein. Das Brotmesser hatte sich dabei an meinem Daumen vergriffen, und über der mühsamen Pflasterbeklebung bin ich schließlich doch eingeschlafen.

Danach sind meine Eltern nicht mehr ausgegangen. Will mich die Mutter deswegen weggeben?

»Zu fremden Leuten«, sagt sie, weil ich so ein böses Kind sei.

Ich habe Angst, dass sie das wirklich tut, und nehme mir wieder und wieder vor, mich nun wirklich zu ändern, artig und gut zu sein, damit sie mich bei sich behält und lieb hat.

Dann habe ich mich verliebt, in den kleinen Blonden aus meiner Klasse; Mausezähnchen hat er und ein Grübchen am Kinn. Keinem erzähle ich davon, trotzdem singen die anderen beim Törchenspiel meinen Namen und danach *Sie hat den Werner an der Hand*. Dann klopft mein Herz so schnell, als ob ich getanzt hätte. Warum ist alles Schöne in der Welt so gefährlich?

Auf dem Foto, das der Vater mir zeigt, halten sich zwei Männer an den Händen, wie Vater und Sohn. Er nennt sie Kollegen, sie heißen Herr Leufgen und Herr Menzel, der eine halb so groß wie der andere und doch im selben Alter und in derselben Abteilung beschäftigt. Ich bin sicher, der eine steht auf einem Podest, aber als ich den Vater in seinem Büro besuchen darf, sehe ich, dass der Unterschied wirklich so ist wie im Bild, aber auch, dass der Vater genauso klein ist wie jener kleine Herr Leufgen.

»Herr Menzel ist nicht größer«, sagt der Vater daraufhin, »höchstens länger, denn die Größe eines Menschen liegt im Kopf.« Dabei streckt er sich und hebt die Fußsohlen hinten ein Stück vom Boden. Vielleicht bin ich auch schon groß, ich habe viele Ideen und lerne täglich neue Dinge, beispielsweise, wie Hüppekästchen geht, und dass der Regen kurz vor seinem Ende steht, wenn sich auf den Pfützen Blasen bilden.

Man kann auch heute schöne und preiswerte Dinge herstellen, die weder den Stempel der Not noch den des falschen Prunkes tragen, hat die Mutter gelesen. Vom Oberbürgermeister als Grußwort geschrieben zum Katalog der Ausstellung ›Neues Wohnen‹. Sofort bestellt sie ein Birkenholzschlafzimmer, hell und freundlich gemasert, und ist so glücklich, weil der Vater gesagt hat: »Wir kriegen eine neue Bleibe. Wieder nur zur

Untermiete, aber immerhin zwei Zimmer und mit Badbenutzung, Parterre am Neusser Wall.«

»Eigener Herd ist Goldes wert«, sagt die Mutter, als der Ofen angeliefert und vor die Haustür gestellt wird, und ich passe auf, dass ihn keiner klaut, verteidige ihn auch gegen einen Mann, den ich zwar kenne und ihm doch nicht traue, entsetzt nach dem Vater rufe, als er den Ofen auf seinen Hänger laden will … und der Vater mich auslacht, weil der Mann sein Freund und unser Umzugshelfer ist.

Die Leute in der neuen Wohnung heißen Giert und wohnten früher alleine in den fünf Zimmern. Dass sie wichtiger sind als wir, merkt man beim Klingeln an der Tür: bei Gierts nur einmal, bei ihrer Tochter und deren Kind, die im Zimmer neben uns leben, zweimal, und bei uns dreimal. Beim ersten Ton gespannt, beim zweiten voller Hoffnung und beim dritten endlich die große Freude.

Wir wohnen gleich hinter der Eingangstür. Das eine Zimmer ist klein und wird Küche genannt, in dem anderen werden die neuen Möbel aufgestellt: das Doppelbett, wo ich auf der Mittelritze schlafen soll, die zwei Nachttischschränkchen, der Kleiderschrank mit vier Türen und die Frisierkommode, wo man sich in den vielen Spiegeln vorne und hinten und von überall gleichzeitig sehen kann.

»Zwischen Kommode und Bett könnte man noch tanzen«, sagt die Mutter und freut sich, dass sie Platz hat für die Schwestern und Brüder, die einer nach dem anderen ankommen, bei uns wohnen und schlafen und essen. Einmal wird eine Couch vor das Bett gestellt, darauf liege ich mit meinem Vetter Wölfi Kopf gegen Füße, nur für drei Tage, dann wird die Couch wieder zurückgegeben.

»War nur geliehen«, sagt die Mutter und holt mich zurück auf ihre Seite im großen Ehebett.

Tagsüber lebe ich unter dem Küchentisch mit meiner Puppe, dem Malblock, den Förmchen, dem Bilderbuch, mit den heimlichen Träumen und einer von Pesca geführten Phantasie, die vor keiner Mauer halt macht.

Beim Schützenfest auf dem Wilhelmplatz trifft mich der Blick eines Trömmelchenjungen; der geht mir so tief, dass ich später nicht verstehen will, wie er mich vergessen haben kann, obwohl ich ihn doch gleich wiedererkenne mit dieser hübschen Uniform zwischen seinen Freunden bei den Kirmesständen und mein Herz sich so nach ihm sehnt. Von diesem Augenblick an will ich etwas finden, das mich herausholt aus der Menge und immer und überall wiedererkennbar macht. Es ist der Moment, in dem Pesca beschließt, berühmt zu werden. Sofort lässt sie sich von der großen Kusine Anna-Liese einen roten Kussmund malen, und während ich mich auf der Schiffschaukel und im Affenkäfig um Höhenflüge bemühe, wirft sie schon mit Blicken um sich. Zwei Jungen prügeln sich am Rande der Raupe, und als der eine zwischen die Räder fällt, wird mir schlecht, genau wie am Tag zuvor, als sich zwei Mädchen aus meiner Klasse zankten und so sehr in die Haare kriegten, dass die eine der anderen ein ganzes Büschel davon ausriss. Pesca lacht schon wieder, während mein Hals noch zugeschnürt bleibt.

Waltraud ist angekommen und will ein Stadtkind werden wie ich. Drei Tage bleibt sie bei uns, und ich freue mich, weil es jetzt wieder so werden kann wie früher. Es regnet Bindfäden, und wir können nicht zum Spielen vor die Tür. Unterm Küchentisch stößt sie sich den Kopf, und am Fußende schlafen will sie nicht, nur das Essen findet sie richtig lecker bei uns. Und flüstert später Tante Bertha ins Ohr, es hätte ihr überhaupt nicht geschmeckt. Darüber ist die Mutter sehr enttäuscht, und der Vater fragt sich, wo uns diese Invasion von Pimoken noch hinführen soll.

Endlich kann ich wieder schnell vor die Tür, auf den Hof, an die Teppichstange, sammle Regenwürmer, baue ihnen Ställe aus gebogenen Zweigen, füttere sie mit Grashalmen, streichele sie, singe ihnen Schlaflieder. Warum sind sie gleich danach steif und kalt und tot? Warum hat die Maus vor der Kellertreppe diesen aufgeplatzten Bauch mit so vielen stillen Mäusekindern, die nicht mehr in die Welt hinausrennen können? Nicht geboren und schon tot.

»Glücklicherweise«, sagt die Mutter, und der Vater legt täglich was Leckeres auf die Fensterbank für die schwarze Katze.

Am Abend, als ich mein Nachthemd holen will, alleine ins dunkle Schlafzimmer hinübergehe, da huscht sie unters Bett, und ich renne zurück in die Küche, will nicht mehr da hinein und schon gar nicht allein.

»Unsinn«, sagt die Mutter, aber als sie mitkommt und Licht macht, springt die Katze unterm Bett hervor, rennt den langen Flur entlang, wird mit Geschrei und Gerenne aus der Wohnungstür und schließlich aus dem Haus gejagt.

»Nur, weil du sie immer fütterst«, sagt die Mutter zum Vater. »Ist durchs Oberlicht reingesprungen«, und die Mutter fragt sich, ob man überhaupt noch ohne Aufsicht ein Fenster werde öffnen können. »Ist ja sowieso ziemlich lästig«, klagt sie, »Parterre, so nah an der Straße, da kann einem jeder reinspucken, wenn man mal lüften muss. So ebenerdig haben wir noch nie gewohnt.«

»Red doch nicht«, sagt der Vater, »bei euch zu Hause hast du doch auch unten gewohnt. Da stank der Misthaufen ins Zimmer rein. Meinst du, das war besser?«

»Aber zur anderen Seite hin konnte man bis zum Gumbinner Berg gucken«, antwortet die Mutter, »und Bertha und Franz wohnen jetzt in der Christinastraße Hochparterre. Das ist jedenfalls wesentlich angenehmer.«

»Kannst du nicht mal zufrieden sein mit dem, was wir haben? Warte nur ab, wir werden schon bald eine eigene Wohnung bekommen, schließlich bin ich doch seit langem in der Genossenschaft, und da stehen wir ganz oben auf der Liste.«

»Glaubst *du*«, sagt die Mutter, und danach schweigen sie beide.

Eines Abends sind wir froh, Parterre zu wohnen, denn der Weg von und zu dem Stadion, in dem der Boxer Peter Müller den Schiedsrichter K.O. schlug, geht an unserem Schlafzimmerfenster vorbei, und als die vielen Zuschauer nach kurzer Zeit schon wieder auf dem Rückweg sind, reden sie so laut und aufgeregt über das Erlebte, dass es uns vorkam, als wären wir tatsächlich dabeigewesen.

»Bitte schön«, sagt der Vater danach, »so etwas erlebst du jedenfalls nicht auf der Christinastraße im Hochparterre.«

Elf Kinder in einem Haus, wenn man Trudi dazuzählt, sogar zwölf, aber Trudi will nicht dazugezählt werden. Sie ist vierzehn und möchte lieber schon Dame sein. Elfriede Delberg, die auf der anderen Parterreseite wohnt, ist genauso alt und spielt doch noch mit uns, aber auch sehr schön Klavier, sogar manchmal in der Agneskirche die Orgel. Ihre Eltern sind feine Leute, und die Mutter versucht täglich mit Frau Delberg ins Gespräch zu kommen.

Darüber wohnt Karin. Sie kann Gurkensalat machen zu den Kartoffeln, die wir im Feuer braten.

Der Garten ist sauber, blitzeblank für den nächsten Sonntag, den weißen, wenn drei Kinder vom Haus zur ersten Heiligen Kommunion gehen werden. Ich hatte zusammen mit den anderen Unkraut ausgerissen und Blätter gekehrt, und das Lob und die Belohnung sind auch für mich bestimmt, wenn ich auch wieder nur halb dazugehöre, in die Lutherkirche zum Kindergottesdienst gehen muss, statt als Kommunionskind gefeiert zu werden.

Hildegard und Berthold von der zweiten Etage stecken meine Finger in die Steckdose und freuen sich, wenn ich schreie. Sie lachen, als sie mich mit dem Wollappen über den gebohnerten Boden ziehen, ich den Halt verliere, nach hinten auf den Kopf falle und denke, ich sei tot. Sie kennen die Geheimnisse des Lebens und wissen auch über das Böse Bescheid. Ich fürchte mich vor ihren unheimlichen Geschichten und will doch immer wieder davon hören. Vor Weihnachten zerstückeln sie meinen Glauben ans Christkind; sie hätten durchs Schlüsselloch gespingst, sagen sie, und gesehen, wie ihr Vater den Baum in den Ständer gestellt und ihre Mutter den Schmuck darangehängt hätte.

»Na klar«, sagt die Mutter, »zu solch bösen Kindern kommt das Christkind auch nicht« und kittet meinen Kinderglauben für ein weiteres Jahr.

Auf unserer Seite ganz unterm Dach wohnen Bertrams. »Kommunisten«, flüstert der Vater und schließt vielsagend die Augen. Vreni, Franzi, Hansi, Rudi und Berti ...

»... Kinder wie die Kaninchen, und der Vater arbeitslos. Und wie die Frau rumläuft«, sagt die Mutter, »also, sauber kann man doch sein, auch wenn man arm ist!«

Hansi kann wunderbar laut rülpsen. Wenn er durchs Treppenhaus geht, schallt es von oben bis unten. Rudi hat schon mal was geklaut, heißt es, aber, mein Gott, in diesen Zeiten! Deshalb müsse er doch kein schlechter Mensch sein, meint Frau Delberg, und seien ja auch krank gewesen, zumindest der Mann und die große, die Vreni.

»Tuberkulose«, flüstert die Mutter, und der Vater rät mir zum Abstand von ihr. Dabei finde ich gerade die Vreni so nett.

Unser Lehrer heißt Grüning. Einer aus der Generation, die »dem Glück einer späten Geburt zufolge nicht mehr in den letzten Kriegsmonaten als Kanonenfutter verschleudert worden sind«, sagt der Vater, »und die nun nach Notabitur und Kurzstudium als Lehrer herumlaufen. Soll erst einundzwanzig sein, habe ich gehört – eigentlich zu jung, um eine solche Verantwortung zu übernehmen.« –

»Was machst du denn da?« fragt der Vater, als er vom Dienst heimkommt, mich mit Kleber und Pappkärtchen hantieren sieht, mit denen ich Satzteile verbinden soll. »So ein Blödsinn«, sagt er und nimmt mir das Werkzeug aus der Hand. Am nächsten Morgen stehe ich ohne zusammengeklebte Sätze vor Herrn Grüning, den wir heimlich Grünling oder Frühling nennen, erkläre ihm sehr laut und mit großer Freude, dass mein Vater mir verboten hat, einen solchen Quatsch als Hausaufgabe zu machen.

Herr Grüning guckt vor sich hin, sagt »Setz dich« und gibt mir am Mittag einen Brief. »Für deine Eltern«, sagt er, und darin steht, dass er diese Hilfestellung für die Allgemeinheit der Klasse als wertvoll und unbedingt notwendig erachtet, sich allerdings für mich, meiner schnellen Auffassungsgabe wegen, möglicherweise solche zusätzlichen Hilfsmittel erübrigen und er deshalb meine Eltern ermächtigt, mir während der nächsten zwei Wochen eigene Hausaufgaben zu stellen, solange jedenfalls, bis er mit diesem Programm geendet hat.

Zwei Rechtschreibefehler findet der Vater in diesem Schreiben, dazu ein Komma zuviel oder zu wenig, unterstreicht das mit Rot und fragt sich und die Mutter – und vielleicht auch mich –, was aus uns werden solle mit solch unfähigen Vorbildern.

Damit verstößt der Vater eindeutig gegen die herzliche Bitte auf der Innenseite des Zeugnisheftes, das er allerdings erst vier Wochen später zum ersten Mal in den Händen halten wird, wo unter der großen Überschrift *Liebe Eltern* in einem Absatz zu lesen steht: *Fällt niemals in Gegenwart der Kinder über die Schule Urteile, die das Ansehen der Lehrkräfte herabsetzen könnte.*

Zu spät. Von nun an ist Herr Grüning zum Nichts geschrumpft. Ich kreische und lache, mache Mätzchen, stifte die anderen zu immer neuem Blödsinn an und weiß doch auf jede Frage die richtige Antwort, lese deutlich vor und bin im Rechnen die Schnellste. Herr Grüning ist wütend und hilflos, und ich spüre so etwas wie Macht und die Lust daran.

Fleißkärtchen sammele ich. Das besondere Lob aber, die kleinen Stückchen Schokolade, die ich so mag, verschenke ich, weil ich gut sein will, hilfsbereit und lieb wie ein Engel, und dazu gehört, dass man denen gibt, die weniger haben oder nichts. Wie Liesel Quent, die neben mir sitzt und niemals gelobt wird und deshalb meine Schokolade isst. Sie ist dick, weil sie krank war und »viel Schmalz essen musste«, sagt sie und guckt ziemlich eingebildet, denn außerdem ist sie schick und trägt riesige Taftschleifen im Haar, hinter denen die anderen nichts sehen können, sich beschweren oder zum Spott aus Butterbrotpapier Schleifen basteln und sich selbst damit beschmücken. Liesels Vater ist so reich, dass er seine Tochter mit einem nagelneuen Auto abholen kann. Da stehen wir drumherum, kreischen »Was soll denn das für ein Auto sein! Das sieht ja hinten aus wie vorne«, kichern und grinsen, und ich mittendrin und habe doch schon gespürt, wie sich der Neid durch meine Seele frisst.

»Ahl Hex Nummer sechs!« rufen sie, wenn die komische Alte aus dem Kellergeschoss neben unserer Schule, auf den Stock gestützt, hinaushumpelt. Ich hatte nie mitgerufen, nie mitgelacht, nur immer dabeigestanden, aber das reicht nicht als Unschuldsbeweis.

Gerade als ich an dem Verschlag vorbeikomme, kriecht sie heraus, stellt sich vor mich, hält meinen Ärmel fest, zeigt auf den Verband an ihrem Kopf und den Gips am Bein und krächzt mit ihrer Rabenstimme: »Hier, da kannste et sinn, jetz künnt er wigger roofe: ›Ahl Hex Nummer sechs …‹«

»Ich hab doch nie …«, stottere ich, reiße mich los und renne durchs Schultor hinein.

Von nun an gehe ich immer gleich auf die andere Straßenseite, stoße mir zweimal den Kopf, als ich mich umdrehe und ein paar Schritte rückwärts mache, um sicher zu sein, dass die Alte mich nicht verfolgt oder sonst jemand hinter mir her ist. Zuerst ist es der Briefkasten, auf dessen Höhe ich plötzlich gewachsen bin oder er auf meine, und danach eine Straßenlaterne, die sich mir in den Weg stellt. Einfach so, ohne Grund. Jedesmal bringe ich eine Beule mit nach Hause, aber was ist eine Beule im Vergleich zu dem, was mir jetzt bevorsteht:

Es ist so kalt, dass die Mutter mir morgens die Wolfspelzmütze über die Ohren zieht. Bis zur Neusser Straße behalte ich sie an, ab da kann die Mutter mich nicht mehr sehen. Den weiten Weg von der neuen Wohnung bis zur Schule gehe ich allein. Nur ganz am Anfang war sie einmal mitgekommen, tags drauf heimlich hinter mir her geschlichen und danach sicher gewesen, ich komme alleine zurecht. Der Vater soll nichts davon wissen, jedenfalls jetzt noch nicht, aber an diesem Tag wird es herauskommen. Denn auf dem Heimweg von der Schule halte ich die Mütze noch immer in der Tasche, gucke den Kindern beim Hüppekästchen zu, bleibe stehen, und als mich niemand fragt, ob ich mitspielen will, gehe ich weiter, summe, hüpfe, drehe mich nochmal um, falls die Kinder sich das anders überlegt haben sollten, und sehe den Jungen mit dem Stein in der Hand (Will er den etwa auf mich …?), da haut es so fest gegen meinen Hinterkopf, dass ich nach vorne kippe und schreie, die Kinder und ein Mann herbeilaufen, mich packen und hineinschleppen in das Haus der Eisenhandlung Malberg.

Die blonde Frau Malberg will nicht glauben, dass ihr Bruno so etwas tut, bestimmt nicht ohne Grund, aber der Mann hat es gesehen und auch, dass ich nichts getan habe. Ja, und jetzt? Sie könne mir doch nicht einfach die Haare abschneiden, sagt sie, »das muss deine Mutter entscheiden« und bittet das größte Mädchen, mit mir zu gehen bis nach Hause. Die fragt an der nächsten Ecke: »Kannst du jetzt alleine?« Und als ich nicke, läuft sie schnell zurück.

So gehe ich denn langsam weiter und meinem Lebensende entgegen. Mit einem Loch im Kopf kann man nicht weiterleben, aber mehr als die Angst vor dem Tod plagt mich mein Gewissen, denn wenn die Pelzmütze da gewesen wäre, wo sie hingehört, wo die Mutter sie hatte haben wollen, der Stein hätte wahrscheinlich kein Loch in meinen Kopf schlagen können, und dafür wird die Mutter mir auch noch den Hintern versohlen, bevor ich gestorben bin.

Sie steht mit der netten Frau Delberg vor der Haustür. Als ich sie anstupse und sage, »Ich habe ein Loch im Kopf«, erwidert sie: »Ach ja?« Nichts sonst, nur »Ach ja?« und spricht sofort weiter mit Frau Delberg, bis die fragt: »Was ist denn passiert?«

Da guckt die Mutter mich an, nimmt mich an die Hand und geht mit mir in die Küche. Auf das Loch sieht sie nur kurz, sagt »Nicht so schlimm« und schickt mich zu Langens, Käse und Milch holen, und erst der Vater, der pünktlich um Viertel nach fünf vom Dienst kommt, kümmert sich um mich und den Kopf und das Loch, aus dem es immer noch blutet, und gleich gehen wir schnurstracks zum Arzt. Der sticht mich mit einer Spritze, die Tetanus heißt und »vom Pferd« ist; das solle ich mir merken.

»Hieß der Mörder damals nicht auch so?«

»Ja«, sagt der Vater, »aber die Spritze beschützt dich davor« und kauft mir danach eine große Tafel Schokolade gegen

Quittung; die will er später zusammen mit der Arztrechnung den Eltern des Jungen in Rechnung stellen.

Im Schadenregulierungsschreiben der Victoria Versicherungsgesellschaft, das er in die Mappe ›Dokumente‹ legt und dort für immer verwahrt bleibt, wird der geforderte *»Betrag in Höhe von DM 15,30 ohne weitere Prüfung der Sache und ohne Anerkenntnis einer Ersatzpflicht zum Ausgleich des Schadens«* zur Verfügung gestellt. Die beigefügte Abfindungserklärung schickt der Vater unterschrieben zurück und macht sich gleich danach Vorwürfe. »Man weiß doch nie, was aus so was werden kann.«

Wieso ich überhaupt alleine von der Schule heimkäme, hat er beim Abendessen von der Mutter wissen wollen, aber das habe ich schnell auf meine Kappe genommen:

»Ich wollte das unbedingt«, habe ich gesagt. Die Mutter hat erstaunt geguckt und mich dann ganz lieb angelächelt. Das ist mein Dankeschön, weil sie nichts wegen der Mütze gesagt hat – oder ist ihr das gar nicht aufgefallen?

Drei Tage lang habe ich aufs Sterben gewartet, danach einfach weitergelebt.

»Onkel Walter ist in russischer Kriegsgefangenschaft gewesen«, sagt die Mutter, und vielleicht kommt er heute wieder heim. Der Vater sagt, »Heim kann man nicht sagen, denn hier ist er ja noch nie gewesen«, und die Mutter nennt ihn einen Korinthenkacker und geht ein Stück weiter den Bahnsteig entlang nach vorne zu ihren Geschwistern: Tante Bertha, Onkel Hubert, Tante Resi und Tante Else, zwischen ihnen die alte Oma. Mit Kopftuch und grauem Fransenbehang um die Schultern sieht sie immer noch aus wie die ostpreußische Bäuerin, die sie früher war und auch gerne bis an ihr Lebensende geblieben wäre, sagt sie, aber nun habe der liebe Gott etwas anderes für sie geplant, habe sie in den Westen geschickt, in diese große Stadt. Grund zum Klagen? Worüber? Über den Verlust der Heimat, wo sie doch alle ihre Kinder um sich hat? Über den Verlust von Haus und Hof? Hat sie nicht ein Dach über dem Kopf und immer genug zu essen? Über den Verlust des einen Auges, das nun durch eine Glaskugel ersetzt worden ist? Wozu braucht sie zwei Augen, wenn sie doch die meisten Lieder im Gesangbuch auswendig kennt?

Was frag' ich viel nach Geld und Gut,
wenn ich zufrieden bin.
Schenkt Gott mir nur gesundes Blut,
so hab ich frohen Sinn
und sing mit dankbarem Gemüt
mein Morgen- und mein Abendlied.

Ja, sie sei zufrieden, sagt sie, vor allem wenn nun einer dieser Männer, die aus dem Zug auf den Bahnsteig stolpern, ihr Sohn Walter sei. Dafür habe sie gebetet und sei erhört worden. »Dem Himmel sei Dank!«

Sie greifen ihn, umarmen ihn alle gleichzeitig, dass er fast erstickt, heulen ihm was vor.

»Statt sich zu freuen«, sagt der Vater und gibt ein Beispiel dafür: »Willkommen, lieber Schwager! Schön, dass du da bist.«

Am Abend schläft Onkel Walter bei uns in dem großen Bett auf der Besucherseite und ich wieder am Fußende. Der Vater will versuchen, ihm Arbeit zu verschaffen, bei der Bundesbahn, sozusagen seinem Unternehmen, und als Onkel Walter im Hauptbahnhof bei der Gepäckaufbewahrung anfängt, freut sich der Vater genauso viel wie der Onkel oder noch mehr. Später zeigt er mir am Eingang das neue Glasfenster mit dem alten Stadtpanorama darauf und dem Bild der Firma Klosterfrau und sagt: »Geben ist besser als nehmen, denn des anderen Glück kehrt ins eigene Herz zurück.«

1900 Jahre Stadtrechte. Wieder ein Grund zum Feiern?
»Blödsinn«, sagt die Mutter.

Aber der Vater geht mit mir zum Neumarkt, weil es wichtig ist, den Gürzenich für den Festakt herzurichten. »Wie wir alle zusammenhalten, sieht man auch an so etwas«, sagt der Vater. Die Werkschulen haben zwei große Holzfiguren von

Tünnes und Schäl geschaffen, und die werden nun von den Bürgern beschlagen. Was das mit dem Fest zu tun hat, habe ich zuerst nicht verstehen können, aber der Vater sagt: »Die Nägel muss man kaufen, und für das Geld können Farbe und Pinsel besorgt werden und Stühle und was man sonst so braucht, um einen großen Raum festlich zu schmücken.« Der Vater nennt das »Penne kloppen« und zeigt mir, wie es geht, damit ich mir nicht den Daumen erschlage. Die Mutter darf auf keinen Fall wissen, dass jeder von uns drei Nägel hineingeklopft hat, wenn auch nur die billigen, die aus Eisen für fünfzig Pfennig das Stück. Mir hatten die goldenen besser gefallen, aber die waren nur für fünf Mark zu haben, und »das«, sagt der Vater, »ist für einmal Klopfen zu teuer.«

Die Mutter allerdings würde schon über die drei Mark schimpfen, war sie doch auch gegen die Bestellung des *Stadt-Anzeigers* gewesen. Da aber hatte der Vater sich nicht reinreden lassen, als er mit dem Vertreter in der Küche saß, über die guten alten Zeitungszeiten nachdachte – und über das Glück, ab jetzt wieder wirkliche Informationen lesen zu können. Er hatte sich für die tägliche Morgenzustellung entschieden: zwei Mark neunzig inklusive Trägerlohn. Die Mutter hätte am liebsten gar keine oder nur die Samstagszeitung bestellt oder, wie sie im Nachhinein feststellte, wenigstens die Postzustellung, die monatlich zwanzig Pfennig billiger gewesen wäre. Der Vater wollte seine Zeitung zum Frühstück, wie eh und je. Siebzigtausend Exemplare seien gleich am ersten Tag gedruckt worden, hatte der Mann in unserer Küche gesagt, als der Vater den Vertrag unterschrieb, aber die Mutter war weder davon zu beeindrucken gewesen noch von dem Datum auf der ersten Titelseite, die der Mann dagelassen hatte: 29. Oktober.

»Unser Hochzeitstag«, sagte der Vater. »Ist das nicht ein gutes Omen?«

Nein, sie sei eher daran interessiert, dass sie mal wieder gute Butter kaufen kann und echten Bohnenkaffee und nicht immer den Pfennig dreimal umdrehen muss, wo doch das Schlafzimmer schon jeden Monat mit hundert Mark abgezahlt werden muss, außerdem sei es wichtiger, für den Wiederaufbau der Kirchen zu spenden »als für den Gürzenich oder für die Presseleute«, sagt sie.

Die Karten für das Millowitsch-Theater bekommen wir geschenkt – von Gierts oder von deren Tochter, die dort an der Kasse sitzt und zu dem Kreis gehört, in dem ich einmal zu Hause sein will. Im weichen Polstersitz fühle ich mich so, als wäre ich mit den Millowitschs per du.
Abends, wenn ich schlafen geh',
vierzehn Englein um mich steh'n,
zwei zu meinen Häupten,
zwei zu meinen Füßen,
zwei zu meiner Rechten,
zwei zu meiner Linken,
zweie, die mich decken,
zweie, die mich wecken,
zweie, die mich führ'n ins Paradeis.
Dort will ich hin, ins *Paradeis*, wohin der Gesang der Engel mich mitnimmt, in ein anderes Leben, eines, das ich erreichen will irgendwann, irgendwo.
Es ist soweit. Pesca fragt Marie nach dem Weg zum Berühmtsein, und Marie weiß darüber Bescheid.
»Zum Kinderfunk«, sagt sie, »da bin ich auch im Kinderchor. Wir proben samstags im Dreikönigs-Gymnasium und dienstags bei uns im Sälchen.«
Zu Hause verblüfft Pesca die Eltern mit dem Satz: »Am Samstag gehe ich um drei Uhr zur Probe für den Kinderchor im Rundfunk.« Die Mutter schlägt die Hände über dem Kopf zusammen, der Vater sieht aus, als ob er sich freut. Er geht mit, spricht mit Frau Buß-Schmidt und steht noch immer – oder schon wieder – vor der Tür, als ich herausgehüpft komme.
»Ja«, sagt die Leiterin, »sie ist gut, sie kann bleiben.«
Das war von Anfang an nicht so klar gewesen. Zu klein hatte sie mich gefunden und mich gleich vor der ganzen Gruppe geprüft: »Sing mal die Tonleiter.«

Das hatte Pesca übernommen: »C-D-E-F-G-A-H-C.«
»Gut, du kannst in die erste Stimme.« Dort begann ich und war in nullkommanix im Solistenkreis und in der Sprechergruppe, also auf dem besten Wege, berühmt zu werden, obwohl es eigentlich immer Pesca war, die sich vorwagte und mich einfach mitriss, auch wenn ich oft vor Angst in die Knie ging oder lieber weggelaufen wäre. Dass ich überhaupt von der Tonleiter wusste, war meiner Freundin Marie zu verdanken. Nachdem ich ihr gesagt hatte, dass das mit dem Kinderfunk klargehe, hatte sie mir gleich in der nächsten großen Pause diese besonderen Töne beigebracht.
»Jetzt betreue ich unseren Kinderstar«, lacht der Vater. Und ich denke, dass ich auf dem richtigen Weg bin: Zur Berühmtheit hier entlang! Meine Mutter will, dass ich mit Puppen spiele und nicht hinter die Kulissen einer Rundfunkanstalt blicke; vielleicht ist sie neidisch, weil sie so was noch nie von innen gesehen hat. Samstagnachmittags und dienstagabends habe ich zu tun. Mein Vater steht dann vor den Türen und hört, wie wir singen.
»Das ist so wunderschön«, sagt er, »so sphärisch und engelsgleich«, ihm werde dann immer ganz leicht zumute.
Der Mond ist aufgegangen,
die goldnen Sternlein prangen.
Samstags will die Mutter mich lieber an der frischen Luft sehen, und dienstags käme ich eindeutig zu spät ins Bett, sagt die Mutter.
Oh Teller weit, oh Höhen,
du schöner grüner Wald ...
Ich übe in Küche und Hausflur, im Schlafzimmer, auf dem Klo und im Bad.
»Nicht so laut«, sagt die Mutter, »außerdem heißt es ›Täler‹ und nicht ›Teller‹.«
»Nein: ›Teller‹! Wir singen das so!« rufe ich, aber beim nächsten Proben merke ich, die Mutter hat recht. Von da an übe ich dieses Lied nicht mehr daheim. Trotzdem weiß ich ab jetzt mehr als die anderen, das macht mich froh und stolz und selbstsicher.

Zu meiner ersten Sendung geht Pesca mit, sonst niemand. Sie geht durch die Drehtür und fragt den Pförtner nach dem Weg.

»Du musst die Treppe nehmen; mit dem Paternoster dürfen Kinder nicht alleine fahren. Das Studio ist auf dem dritten Stock links. Weißt du schon, wo links ist?«

»Na klar!« ruft Pesca und geht los.

Nach dem ersten Absatz klopft mein Herz so schnell, dass ich wieder Angst habe. Bis oben bin ich schon längst gestorben, aber Pesca lacht und freut sich.

»Wenn die Lampe rot ist, darfst du nicht mehr rein«, hatte der Pförtner mir hinterhergerufen, aber die Lampe ist grün, und die Tür steht auf, ich gehe hinein, und danach fängt es an. Die Frau am Mikrofon ist groß und schlank und wunderschön mit ihrem dicken schwarzen Haarknoten.

Sie lächelt ganz lieb und sagt »Guten Tag, liebe Kinder«, aber uns meint sie damit nicht, sondern die vielen Kinder, die jetzt zu Hause vor den Radios sitzen und die Ohren spitzen sollen, damit ihnen nichts verloren geht von dem, was wir ihnen gleich erzählen werden. »Heute fahren wir nämlich zum Märchenwald«, sagt die Frau, »und ihr könnt nun miterleben, was es dort zu hören und zu sehen gibt.«

Prima! Im Märchenwald war ich noch nie! Ich drehe mich um und hoffe, es geht gleich los, aber nichts passiert. Die Tür bleibt zu, der Raum so dämmrig wie vorher, und niemand sonst wundert sich darüber. Sie bleiben alle stehen, wo sie gestanden haben, und jetzt beginnt jemand zu lachen: »Guck mal da, die sieben Geißlein.« – »Und das kleinste dort im Uhrenkasten!« ruft ein anderer.

Wo denn? Ich stelle mich auf die Zehenspitzen, ich sehe nichts, weder Geißlein noch Schneewittchen, wo doch einer gerade davon erzählt: »... so schwarz das Haar, so rot der Mund, so lieblich das blasse Gesicht.«

Neben mir murmelt jemand »Rhabarber, Rhabarber«, ein paar andere antworten mit demselben Wort, aber als jemand vor mir von dem dunklen Wald spricht, in dem sich Hänsel und Gretel ganz schön fürchten, da klopft mein Herz vor

Angst und Bange ganz schnell. Irgend etwas stimmt hier nicht. Vielleicht alles verhext?

Ich will raus, nur weg von hier, aber Pesca hält mich zurück, schubst den Jungen vor mir an und fragt leise, wann und wo es denn zum Märchenwald gehe.

Der flüstert zurück: »Da sind wir vor drei Wochen gewesen, und jetzt spielen wir das nach.«

Genau in diesem Moment kommt die schöne Frau mit den schwarzen Haaren zu mir, zeigt mit ihrem Finger auf mich und sagt: »Du bist neu, nicht wahr? Komm, sag auch was. Sag: ›Huch, diese Hexe! Wie gruselig!‹ Kannst du das?«

Pesca drängt sich sofort vor: »Klar«, sagt sie. »Huch, diese Hexe! Wie gruselig!«

»Gut, dann komm ans Mikrofon.«

»Huch, diese Hexe! Huch, wie gruselig!« sagt Pesca und hat sogar noch ein Wort dazwischengeschoben. Ein wunderbarer Satz! Und den hatten jetzt hundert, nein womöglich tausend Kinder gehört und sich mit mir gefürchtet.

Auf dem Heimweg hüpft Pesca vor mir her, guckt in alle Augen, und will am liebsten jeden, der mir begegnet, fragen: Hast du mich eben im Radio gehört? *Huch, diese Hexe! Huch, wie gruselig!* habe ich gesagt, und ich war richtig gut.

Zu Hause stellt sie sich in den Hof und erzählt alles haargenau und in allen Einzelheiten, unterbricht sich selbst immer wieder mit diesem wunderbaren Satz, der zum Grundstein werden wird für die Berühmtheit und das andere Leben und für alles: *Huch, diese Hexe! Huch, wie gruselig!* »Niemand hätte diesen Satz besser sagen können als ich!« ruft sie so laut, dass die Mutter mich reinruft und das Küchenfenster zumacht.

»Das müssen doch nicht gleich alle Nachbarn mithören«, sagt sie.

Aber gerade das hat Pesca ja gewollt. So schnell läuft sie den Erfolgsweg entlang, dass ich manchmal keine Luft mehr kriege und stehenbleiben will, aber sie lässt mich nicht. Ein einziges Mal blamiert sie sich und wird rot, und wir leiden zusammen: beim Kinderchorausflug zum ›Café Hummelsbroich‹, mitten im Wald. Kakao gibt es und Waffeln mit Kirschen und

Eis. Der Kellner kommt mit der großen Kanne, fragt »Wer möchte noch was haben?«, und Pesca schreit als erste: »Ich!«, reißt die Tasse hoch und ihm entgegen. Der Kellner guckt ernst und streng und sagt: »Nein, so nicht. Die Tasse reicht man immer mit der Untertasse.« Danach will Pesca keinen Kakao mehr und schweigt, und ich werde rot, weil ich mir vorkomme wie aus der Gosse und ohne jeden Benimm, wo doch gerade das so wichtig ist für die Mutter und ihre hochgesponnenen Wünsche ans Leben, vor allem an meins, und ich nicht mal auf der Straße Eis schlecken oder in den Apfel beißen darf. Und nun dieser Kellner, der mir beibringen muss, wie man die Tasse hochhält.

Onkel Walters Frau heißt Erna und ist sehr schön, deshalb hat sich Onkel Walter auch damals in sie verliebt, wie er sagt, vor allem in die großen braunen Augen, aber jetzt ist er wütend darüber, weil auch andere in diese Augen geblickt haben in den letzten Jahren, wo er im eisigkalten Russland immer an sie dachte, während sie in Thüringen ganz andere im Kopf gehabt hatte. Deshalb sitzt Onkel Walter nun jeden Abend bei uns am Küchentisch und holt sich Rat bei seiner großen Schwester, vielleicht auch bei seinem großstädtischen Schwager, der sich allerdings auch schon mal auf Ernas Seite stellt: »Man muss sie verstehen. So viele Jahre alleine mit dem kleinen Jungen, und keiner wusste, ob du wirklich wiederkommst. Da kann eine so gut aussehende Frau schon mal schwach werden.«

Danach empört sich die Mutter nicht nur über die untreue Erna, sondern auch über die lockeren Reden des Vaters, denen zufolge ein Ehebruch entschuldbar ist.

An solchen Abenden kann es sein, dass ich nach acht noch zum Spielen vor der Tür oder auf dem Hof bin, ganz so wie die Straßenkinder, zu denen ich damals und auch später nie gehören soll, einfach nur, weil meine Eltern mich über den Problemen meines Onkels manchmal vergessen. Kaum hat Tante Erna sich entschlossen, bei ihrem Mann zu bleiben, schon ihres Kindes wegen, muss ich wieder früh ins Bett.

Als meine Kusine Anna-Liese heiratet, schreibt der Vater die Grußkarte und auf das Kuvert: *Vermählung Morten/ Burgmann.* Daran hat die Familie tagelang zu knabbern. Denn Tante Resi heißt Bräuer, und »an einem solch schönen Tag muss man doch nicht mit dem Finger darauf zeigen, dass eben dieses Kind, das da zum Traualtar schreitet, aus Tante Resis kurzer Muss-Ehe mit dem Kunststudenten Rudi Morten stammt«, sagt die Mutter.

Aber der Vater bleibt eisern: »Hochzeiten werden beurkundet, da geht es um Korrektheit. Und Anna-Liese ist eben nie von Resis Mann Karl adoptiert worden. Deshalb ist und bleibt sie eine geborene Morten.«

»Alle anderen haben geschrieben: *Bräuer/Burgmann!*« kreischt die Mutter, »nur du musstest wieder alles zerstören!«

»Ihr könnt bloß keine Wahrheit vertragen«, gibt der Vater zur Antwort.

Das Ernährungsamt haben sie stillgelegt, Lebensmittelmarken werden nicht mehr gebraucht. Beschränkungen soll es ab jetzt nicht mehr geben, und als Zeichen der Moderne wird in Ehrenfeld ein Selbstbedienungsladen eröffnet. *Hier hat jeder freie Auswahl,* steht in der Zeitung, *braucht nur zu nehmen, was gefällt.*

Der Vater bleibt skeptisch, »wegen der Spitzbuben«, sagt er, »die sich die neue Freiheit auf ihre Weise zunutze machen werden.« Außerdem wäre ein Verkauf über die Theke doch auch eine Art zwischenmenschliches Vergnügen und eine Basis der Vertrautheit zwischen Verkäufer und Käufer, wie zum Beispiel bei seiner Kusine Katrinchen, deren Feinkostladen von der Mutter viel zu selten besucht werde, zu des Vaters großem Bedauern.

»Pah«, sagt die Mutter, »was soll ich da? Die Preise sind gesalzen, und dass sie mir mal eine Wurstscheibe zusätzlich gegeben hätte oder dem Kind, habe ich nie erlebt. Also, was habe ich davon, dass sie deine Kusine ist?«

»Du müsstest eben öfter gehen, wenn du Stammkundin bist ...«

»Nein«, sagt die Mutter, »Ehrenfeld ist mir zu weit, aber wenn auf der Neusser Straße so ein neuer Laden aufmacht, da gehe ich hin.«

Zur ersten Verkehrsampel an der Moltkestraße geht sie gleich mit. Eine Zaubermaschine. Alle Autos halten an, damit ich über die Straße gehen kann. Bin ich schon so berühmt?

Herr Grüning ist weg, unsere jetzige Lehrerin heißt Klein und ist größer als der Vater. Sie hat Geburtstag und stellt ein Radio aufs Pult. »Hört mal, wer da singt«, sagt sie, und alle sehen mich an.

Ich bekomme Herzklopfen, aber Pesca strahlt wie eine Siegerin.

»Ja«, sagt sie, »vor jeder Kinderfunksendung wird das Lied gespielt für alle Geburtstagskinder. Und heute für mich«, sagt die Lehrerin.

Hildegard meldet sich und erzählt, dass sie mich auch schon mal in der Flora auf der Bühne gesehen habe, »im ›Puppendoktor‹, das ist schön gewesen«, sagt sie.

Und Fräulein Klein meint: »Da haben wir ja einen richtigen kleinen Star unter uns«, fängt an zu klatschen, und die anderen klatschen mit.

Mein Kopf ist heiß, meine Hände nass, und selbst Pesca wird rot vor Aufregung.

Am Martinsabend merke ich noch einmal, wie berühmt ich bin, denn der Heilige hält sein Pferd genau vor mir an, spricht kurz mit dem Vater, beugt sich zu mir herunter, sagt »Hier, ein Weckmann für dich, mein Kind« und reitet weiter. Ich bin so verwirrt, dass ich vergesse, danke zu sagen.

Selbst Pesca ist erstmal sprachlos, aber dann strahlt sie: »Berühmtsein ist so schön!« Beim Bäcker und bei Langens will sie nicht singen. »Das machen ja alle«, sagt sie, aber wäre es nicht auch schön, mit den anderen durch die Häuser zu ziehen, gemeinsam zu singen und ein Stückchen Schokolade hier und ein Bonbon da zu sammeln, und dazuzugehören?

»Na«, sagt der Vater, »dann wollen wir mal wieder heimgehen.«

Mein Weg ist so weit. Nach der Schule werfen die anderen ihre Tornister zu Hause ab und gehen spielen. Wenn ich zu Hause ankomme, muss ich essen und Schularbeiten machen und darf nicht wieder weg.

Ich gehe erst gar nicht heim, schmeiße den Ranzen ins Eck, rutsche mit den anderen um die Wette und so oft am Bombentrichterrand, bis die Unterhose in Fetzen hängt, esse unreife Brombeeren und gehe noch immer nicht nach Hause. Es ist schon lange zu spät, die Mutter wird mir den Hintern versohlen und schimpfen, und das kann warten.

Irgendwann an diesem Nachmittag steht die Mutter da. Riesige Augen hat sie, und ihr Gesicht ist ganz blass. Sie schnappt nach Luft und nach Worten, stottert sich an mich heran und tut mir irgendwie leid. Sie hätte das Schlimmste befürchtet, sagt sie, wäre in der Schule gewesen und wieder nach Hause gerannt und …

Die Unterhose werfen wir weg, die Pobacken tun weh, im Bauch quietschen die Beeren und kreischen, aber die Mutter ist froh, dass ich da bin und lebe, nimmt mich in den Arm und flüstert: »Gott sei Dank.«

Ab jetzt gehe ich wieder gleich nach Hause, obwohl mich Pesca oft überreden will. »War doch gar nicht so schlimm«, sagt sie. Sie wäre ja auch mit dem Mann mitgegangen, der mir Schokolade angeboten hatte, eine ganze Tafel, wenn ich nur mal kurz mit ihm durch die Einfahrt auf den Hof ginge, wo er mir was Wunderbares zeigen wollte, etwas, was ich bestimmt noch niemals gesehen hätte. Pesca hatte neugierig geguckt und wäre sicher mitgegangen. Ich bin ganz schnell weggerannt und habe sie einfach mitgerissen. – –

»Diese Schikane muss ich mir nicht bieten lassen«, sagt der Vater, »auch wenn wir zur Untermiete wohnen, sind wir noch lange keine Menschen zweiter Klasse.«

Gierts hatten ein Schild in den Toilettenraum gehängt, damit wiesen sie auf »die unbedingte Notwendigkeit einer generellen Sitzbenutzung dieser Örtlichkeit« hin, was dem Vater nicht gefällt, weil es ihm vorkommt wie eine Beschneidung seiner Männlichkeit, sagt er.

Die Mutter versucht den Weg zur Harmonie, indem sie »eine nach jeder Toilettenbenutzung durch ihren Ehemann von ihr vorzunehmende Einzelsäuberung von Kloschüssel, Brille und Deckel wie auch der möglicherweise bespritzten Bodenfläche drum herum«, vorschlägt, aber bevor sie hierauf eine Antwort erhält oder auch erwarten kann, ist das Fass für den Hauptmieter Giert übergelaufen.

»Der Grund hierfür liegt ausschließlich in der Gebäudestruktur«, erzählt der Vater später. Die Rückwand der Loggia nämlich, auf der die Eheleute Giert hin und wieder ihr Abendessen einnehmen und genießen wollten, sei unglücklicherweise im oberen Drittel vom Klofenster unterbrochen, das zumindest nach längeren Sitzungen auf dem stillen Örtchen geöffnet wurde und auch hätte werden müssen, so also auch an dem Abend, als er sich dort in vorgeschriebener Sitzhaltung aufgehalten hätte. Der herausströmende Gestank hätte Gierts den Appetit verdorben, so dass sie lautstark protestiert und auf mehr Rücksichtnahme gepocht hätten, was er so hätte verstehen müssen, dass von nun an die Kackzeiten außerhalb der Giert'schen Essenszeiten einzuhalten seien, wozu er sich mit seinem gut funktionierenden Körpersystem außerstande gesehen hätte.

Die Hose hätte er hochgezogen, noch nicht aber die Hosenträger, so wäre er aus der Toilette gestürmt, nach rechts in Richtung der Giert'schen Esszimmertür, hätte dort geklopft, und danach hätte Herr Giert mit einem großen Messer vor ihm gestanden; er wäre rückwärts getaumelt, hätte die Tür zum Flur aufgerissen und ins Treppenhaus hinein um Hilfe geschrien. Als ihn niemand gehört hätte, wäre er auf die Straße geflohen, zum nächsten Telefonhäuschen, um polizeilichen Schutz bittend: Mit dem Messer sei er bedroht worden, er müsse um sein Leben fürchten und um das seiner Familie. Er bitte, dass diesem Wüterich Einhalt geboten werde oder er selbst Sicherheitsschutz bekäme.

Als die Polizisten kommen, redet der Vater sich immer weiter in die bedrohte Opferrolle hinein, obwohl Herr Giert sagt, er sei gerade beim Brotschneiden gewesen, als es geklopft habe. Es geht hin und her, ich stehe ängstlich daneben, aber Pesca zählt die Punkte und hat später einen eindeutigen Sieg des Vaters erkannt, denn dass man eine Toilette benutzen können müsse, wann einem danach ist, sei menschenrechtlich unanfechtbar, sagen die Polizisten, bevor sie wieder gehen.

Danach gibt es keine Einschränkung mehr für die Benutzung der Toilette, aber der Vater hält sich von nun an auch an die Sitzordnung auf der Brille. »Zähneknirschend«, sagt er.

Gierts beschweren sich nicht mehr, aber sie sprechen auch sonst kein Wort mit uns, trotz meiner höflichen Knickse, und erst als ich im nächsten Winter für drei Monate krank bin, kramen sie die alte Freundlichkeit wieder hervor, bringen mir Blumen und Bücher und bieten Hilfe an.

Beim Schlittenfahren am Fort X, wo ich eigentlich nicht hin darf, verstauche ich mir die linke Hand, und die Schmerzen halten den ganzen Winter. An jedem Abend massiert die Mutter warmes Öl in den Arm, am nächsten Morgen rutsche ich wieder über die Eispfützen, und wenn ich falle, geht immer die linke Seite zuerst zu Boden.

Im Frühjahr klettere ich zweimal über die Absperrgitter auf die bröckligen Mauern im Fort. Pesca hat die Lust am Verbotenen entdeckt, lockt mich zu Freiheit und Abenteuern. Abends im Bett beim Nachtgebet höre ich, wie mein Gewissen anklopft. Wenn ich katholisch wäre, könnte ich dieses und alles bei der Beichte abgeben und danach neu anfangen mit dem Gutsein.

So aber türmt sich eines aufs andere, und nachts schleicht sich der Teufel an mich heran, lockt mich hinab in sein Höllenreich. Ich schreie: »Nein, ich will dem lieben Gott gehören!«, und als ich aufwache, bin ich nass, von oben bis unten.

Die Mutter sagt, das könne auch einem großen Mädchen mal passieren, gibt mir ein anderes Nachthemd, bezieht das Bettzeug neu, dreht die Matratze um und tröstet mich. Der

Vater ist gar nicht aufgewacht; er liegt im anderen Bett, durch die Ritze von uns getrennt.

Ich streue Zucker auf die Fensterbank. Wann bringt der Klapperstorch das neue Kind zu uns ins Haus? Pesca erzählt mir, es gebe schon zwei Söhne, die seien im Krieg verschollen, und die Eltern würden davon nichts erzählen wollen, weil es sie so traurig mache.

Ich male mir aus, wie es irgendwann bei uns klingelt und sie vor der Tür stehen, sich über die kleine berühmte Schwester freuen und wir endlich eine große Familie sind.

Im Advent bekomme ich viel zu tun. Im Kinderfunk proben wir mehr als sonst, es gibt Sendungen und Auftritte ›rund ums Christkind‹, auch in der Schule singe ich solo, und selbst Tante Resi hat mich entdeckt. Sie hat ein zweites Eiscafé eröffnet, diesmal auf der Neusser Straße; dort stellt sie mich auf einen Stuhl und lässt mich Gedichte aufsagen, damit Leute kommen, mir zuhören und dabei Eis essen oder spezielle Säfte trinken, die Onkel Franz mit großer Stimme und kleinen Werbezetteln auf der Straße anpreist. Beim Altenclub, wo meine Oma in den Reihen sitzt, und in der Frauenhilfe, zu der Tante Bertha gehört, singe ich *Tochter Zions, freue dich* zur Klavierbegleitung, und am Heiligabend bei der Christvesper erzähle ich vom Altar aus die Weihnachtsgeschichte, renne danach durch die Sakristei hinaus und außen herum am Haupteingang links die runde Steintreppe hoch in den Chor und singe von oben im Wechsel mit Hilde und Marie die drei Strophen von *Süßer die Glocken nie klingen* – mit Oberstimme und so engelsgleich, dass mir vor Rührung kleine Ameisen den Rücken runterlaufen.

Im Chor jubeln wir noch *Ihr Kinderlein, kommet* und *Es ist ein Ros entsprungen*, und zwischendurch muss Pesca eine Frau ermahnen, endlich mit dem Reden aufzuhören, weil der Pfarrer gerade den Segen austeilt.

Die Frau sagt: »Also, was diese Gören sich heute herausnehmen!«

Ja, weiß sie denn nicht, wer ich bin?

Mein Programm für zu Hause habe ich schon fertig geschrieben. Da geht es streng nach Plan: Gesang, Gedicht, Gesang, Gedicht, Weihnachtsgeschichte und danach die Bescherung.

Schlittschuhe hat das Christkind gebracht, sogenannte Schraubendampfer; die klemme ich unter die grünen Gummistiefel und drehe im Eisstadion meine Runden. Einmal bin ich umgeknickt und aufs Knie gefallen. Die beiden großen Mädchen, die mich aufheben und an den Rand schleppen, schimpfen über meine Schuhe.

»Wie kann man Kindern so was anziehen!« sagen sie. »Damit hat man doch überhaupt keinen Halt. Sei froh, dass du dir nichts gebrochen hast.«

Ich fühle mich elend und will doch nicht, dass sie so über meine Eltern reden. Ich reiße mir die Schlittschuhe von den Füssen und humpele nach Hause.

»Bin ein bisschen aufs Knie gefallen«, sage ich und bin erst wieder zum Schlittschuhlaufen gegangen, als ich zwei Jahre später endlich weiße Eislaufstiefel bekomme und mich nicht mehr schämen muss.

Ob ich noch an den blonden Jungen denke? Na klar. Wir lächeln uns schon mal an; ich glaube, wir wissen beide, dass wir zusammengehören, obwohl wir noch nie darüber geredet haben. Die Zeit ist reif. Ich werde ihm etwas schenken, als Zeichen meiner Liebe. Stollwerck-Rahmbonbons, das Wertvollste vom Weihnachtsteller, packe ich ein, schnüre eine Kordel drumherum und stopfe alles zusammen in meinen Tornister, ganz nach unten, damit es niemand findet und mich fragt, was ich damit vorhabe.

Ich sage kein Wort zur Verteidigung, als meine Eltern schimpfen, meine Zähne bekämen Löcher, und überhaupt, wie man so einfach alle Süßigkeiten, die das Christkind gebracht hätte, gleich am ersten Feiertag aufessen könne. Wo ich doch sonst so vernünftig sei, sagt der Vater.

»Deine Zähne bekommen Löcher«, droht die Mutter, »und dein Bauch tut auch gleich weh! Wart's nur ab!«

Am ersten Tag nach den Ferien will ich sie ihm geben. In der großen Pause, als er mit den anderen auf der Jungenseite rumrennt, gehe ich mit meinen Freundinnen bis zum Trennstrich, rufe, winke. Er kommt, nimmt die Schachtel und rennt zurück. Sagt kein Wort, dreht sich nicht um, auch nicht später im Klassenraum. Nach dem Klingeln läuft er aus der Tür und ist weg.

Ich gehe ihm nach. Natürlich gehe ich ihm nach. Ich habe ihn doch lieb, und er mich auch, also warte ich vor seinem Haus, gucke zu den Fenstern hoch, hinter denen er lebt, warte so lange, bis er herauskommt, mir eine andere kleine Schachtel in die Hand drückt und schon wieder drinnen ist, bevor ich danke sagen kann. Eine Glasperlenkette hat er mir geschenkt und auf den Pappdeckel geschrieben: *Von Deinem Werner*. Damit ist es besiegelt. Von nun an gehören wir zusammen.

Zu Hause hat mir niemand aufgemacht, und da ist mir eingefallen, dass die Mutter an diesem Tag bei Tante Resi Eis verkauft und ich gleich nach der Schule dorthin kommen sollte. Tante Resis Eisladen liegt zwei Häuser neben der Tür, vor der ich so lange gestanden habe. So bin ich den ganzen langen Weg wieder zurückgehüpft, und dabei ist mir eingefallen, dass die Liebe mir noch besser gefällt als das Berühmtsein.

Der Mutter sage ich nichts von alledem, nur Tante Resi lass ich hineingucken in die Schachtel. Sie lacht mich nicht aus, sagt nur: »Das will aber was heißen.« Genau wie der Vater bei den Vergissmeinnicht vom Ulrich. Ulrich? Pesca sagt, man könne auch zwei Jungen lieb haben – einen hier und einen da.

Ming Muttersproch noch nit verloore ... Aber was hatte sie verloren, wenn sie davon sprach? Solche Sätze verwirren mich, genau wie im Vaterunser ... *und vergeben unseren Schuldigern.* Wer ist ein Schuldi, und was vergebe ich ihm gern?

Wörter mit Rhythmus lasse ich über meine Zunge laufen. *Leidenschaft. Eifersucht. Kölle Alaaf! Müngchensmaaß. Frikassee. Falscher Hase. Himmel un Äd. Jan un Griet. Fastelovend zesamme. Luftschlangen.* Nehme sie auseinander und füge sie andersherum wieder zusammen, versuche sie in die Reihen meines Schreibheftes zu quetschen und freue mich immer mehr, dass ich lebe und lerne und bin.

Vom Mond und den Tälern sind wir zu Trömmelchen und Tschinderassabumm gewechselt, singen mit Toni Steingass zusammen, und nun hört mein Vater die Fehler heraus und fängt an, mich in meiner Heimatsprache zu unterrichten.

»Du bist ein Kind dieser Stadt, deine Vorfahren sind vor mehr als dreihundert Jahren durch eines der Stadttore hereingekommen und seitdem hier geblieben. Sei dir dein Leben lang dessen bewusst.«

Von nun an singe, spreche und spiele ich mich auch im Karneval in die erste Reihe, was die Mutter gar nicht wissen will. Nur der Vater ist richtig begeistert, allerdings nicht so, dass er es schafft, an Weiberfastnacht rechtzeitig im Sendesaal zu sein, von wo aus die Kindersitzung übertragen werden soll, und wo ich mit dem für diese Veranstaltung dekorierten Karnevalsprinzen einmarschieren darf, glücklich und stolz hüpfend, singend und kamellewerfend, danach auf der Bühne rechts neben ihm sitze, um gemeinsam mit dem Jungen auf der linken Seite so etwas wie einen geschrumpften Elferrat darzustellen. Bis das rote Lämpchen aufleuchtet, bin ich sicher: Der Vater kommt noch. Dann ist klar, ich werde ihm meinen unbeschreiblichen Auftritt nicht zeigen können. Eine kleine Traurigkeit tropft in die Freude: Ich spüre, wie das Glück kleiner wird, weil niemand da ist, mit dem ich es teilen kann.

Der Vater liegt zu Hause im Bett, angezogen noch. Die Mutter flößt ihm Kaffee ein mit dem kleinen Löffel. Er nuschelt, dass er zum Funkhaus müsse, das Kind warte auf ihn.

Die Mutter schnauzt ihn an: »Da kommt das Kind schon. Hast dich ja besaufen müssen, statt dem Kind zuzugucken.«

Zigarettenasche wäre in sein Kölschglas gefallen, das hätte er noch wahrgenommen, dann aber wohl doch davon getrunken – »und von jetzt auf gleich keine Erinnerung mehr«, sagt er später und fühlt sich vergiftet, sozusagen, und völlig schuldlos.

Und warum ist die Mutter nicht gekommen? Nein, das ist nicht ihre Welt, selbst dann nicht, wenn ihr Kind darin herumtanzt. Gerade deshalb nicht. Denn soll sie sich wirklich ansehen, wie ihr über alles geliebtes Kind in diesem Sündensumpf einsinkt und womöglich untergeht?

Ihren Lippenstift hatte ich über meine Lippen gedrückt, meine Füßchen in ihre Pumps gesteckt und den blauen Strohhut auf die Locken gestülpt. So balanciere ich am Schlafzimmerspiegel vorbei, dreimal hin und dreimal her. So schön war ich noch nie.

»Hoffahrt ist dem Herrn ein Graus!« schreit die Mutter, als sie hereinkommt, reißt mir den Hut vom Kopf, dass es nur so zieht, verwischt mit dem Handrücken die Mundfarbe quer über mein Gesicht und schubst mich so unsanft aus den Schuhen, dass der Knöchel umknickt und anschwillt, aber »das ist nur die gerechte Strafe Gottes«, sagt sie, und ich ducke mich, damit sie nicht noch den Abdruck ihres steifen Mittelfingers auf meine Wange bringen kann.

Ist meine Frau nicht fabelhaft?
Nie geht sie abends aus,
sitzt dort mit ihrer Leidenschaft,
komm' ich des Nachts nach Haus.
›Da bist du ja, du vielgeplagter Mann‹,
sagt sie zu mir und schaut mich zärtlich an.
Ist meine Frau nicht fabelhaft?

singt der Vater am nächsten Morgen, und ich spüre, dass er damit nicht die Mutter meint, obwohl sie dabei zu lächeln beginnt; vielleicht, weil sie das auf das Essen bezieht, denn im Kochen ist sie wirklich fabelhaft.

»Aus Wenigem Schmackhaftes zubereiten, das ist die Kunst«, sagt sie, und dem Vater passt schon bald keine Hose mehr, wo er doch noch vor kurzem gesungen hatte: *Bella,*

bella, bella Marie, dunn dr Schinke fott, ich mach en nit mieh.
Wer hatte sich so etwas vorstellen können?

Bratwurst mit Wirsing mag ich sehr, aber keinen Fisch.

Die Mutter versteht mich, legt paniertes Schnitzel auf meinen Teller, das schmeckt mir, »und ist doch Fisch gewesen«, sagt die Mutter. »Kabeljau, siehst du? Man muss es nur mal probieren.«

Soll ich mich jetzt auch so anstellen wie sie damals beim Sauerbraten vom Pferd? Nein, ich bin vernünftig, sehe ein, dass Fisch wohl auch gut schmecken kann, und das hatte sie ja auch erreichen wollen.

Den letzten Bissen vom Ei, den »möchte ich bitte ohne alles essen dürfen, ohne Salz und ohne Brot. Darf ich?«

»Aber Kind«, sagt der Vater, »das Salz und auch das Brot sollen doch dem Ei das geschmacklich Besondere geben!«

Nur Sauerbraten kocht die Mutter nie, und in dem von Tante Anna mit den vielen Rosinen stochere ich so lange herum, bis sie mir den Teller wegreißt und den Inhalt in den Ausguss schüttet, wo er nun von oben unterm Dach, wo sie mit Onkel Jupp wohnt, den ganzen langen Weg nach unten laufen muss.

Tante Anna ist die Schwester der toten Oma, und deshalb will ich sie eigentlich lieb haben. Aber die Mutter findet, dass Tante Anna und vor allem ihre beiden Töchter merkwürdige Existenzen sind. Die eine raucht wie ein Schlot, hat sich von ihrem Mann getrennt und geht putzen. Schlimmer noch ist die andere, Marie-Luise, die sich Mary-Lu nennt und den Kommunionskaffee ihrer Nichte frühzeitig verlässt, weil sie »auf die Arbeit muss«, nämlich zur Nachmittagsschicht in der Brinkgasse, und die Mutter sich nicht mehr einkriegt über die Bezeichnung Arbeit für diese Art von Gelderwerb.

Der Vater sieht das anders. »Toleranter«, sagt er, »schließlich gab es *so was* schon im Altertum; nicht umsonst heißt es ›das älteste Gewerbe der Welt‹. War ja offensichtlich schon immer Bedarf für *so was*. Und heutzutage hätten wir ganz gewiss mehr Gewaltanwendungen, wenn es *so was* nicht gäbe, denn was sollten beispielsweise die unverheirateten Männer anfangen ohne *so was*?«

Was macht die Tante? Was ist so gut für die Männer? Putzt oder kocht sie? Bügelt sie vielleicht oder liest vor, wie damals Frau Lübke während der Nacht? Was ist *so was*?

Dann spricht sogar der Vater von der schlechten Gegend, wo seine Kusine arbeitet, und »geht damit einen großen Schritt auf die Mutter zu«, sagt er, obwohl er ja »schon so viele Schritte auf sie zugegangen« ist, hat sie wohl nie gemerkt, mehr jedenfalls, als sie auf ihn zugeht. »Wenn man nur mal bedenkt«, sagt er, »wie oft deine Geschwister in mein Haus kommen, deine Schwäger und Schwägerinnen, die Nichten und Neffen.«

»Ach so«, sagt die Mutter, »willst du mir jetzt meine Familie vorwerfen, oder vielleicht auch noch, dass die noch lebt und deine nicht mehr? Statt du dich freust, dass mir wenigstens meine Verwandten geblieben sind …!«

Der Vater seufzt. Ich lehne mich an ihn und verbinde mich mit ihm in einer stillen Sehnsucht nach meiner verstorbenen Oma, die mit dem Humor und dem weiten Herzen, vor allem aber nach der Kusine, die mir auch später so sehr fehlt, weil ich sie wie eine Schwester vermisse. Vielleicht auch nur, weil der Vater sie mir so in Erinnerung hält.

»Außerdem hast du kein Haus, und die Wohnung gehört ja wohl uns gemeinsam«, sagt die Mutter.

Von jetzt an spricht der Vater immer von *wir* und *uns*, und selbst ich darf niemals mehr *meine* Tochter genannt werden, von keinem. Von jetzt an bin ich immer und überall *unsere* Tochter.

Außer der Feinkosttante Katrinchen hat der Vater noch andere Verwandte, die zu den besseren Kreisen gehören, aber auch an denen lässt die Mutter kein gutes Haar. Als sie mit Tante Isabell und Tante Greta bei Mühlens zum Einkaufen sitzt, und die eine zum Anprobieren ihre Schuhe auszieht, waren die Strumpfspitzen schwarz gewesen und voller Löcher.

»Kann doch jedem mal passieren«, sagt der Vater.

»Nein, mir nicht!« sagt die Mutter. »Aber für euch hier ist das typisch: oben hui und unten pfui!« Mir waren die beiden sehr elegant vorgekommen und sehr lustig.

Auch die Verwandten der Mutter bekommen mit der Zeit ausgefranste Ecken und trübe Konturen, obwohl die Mutter immer darauf hinweist, dass die schwarzen Schafe nur bei den Angeheirateten zu finden seien.

»Ulla steckt jetzt mit Erna unter einer Decke«, sagt die Mutter, »da kann mein Bruder Bernhard mir wirklich leid tun, wo er sich doch sowieso mit seinem Stottern so schlecht verständigen kann. Jetzt noch dieser Tratsch um seine Frau. Und dass da nichts dran sein soll, also, das glaube ich nicht. Den Männern beim Trichinenbegucken im Schlachthof unterm Tisch die Füße zwischen die Beine stecken, also weißt du, da muss ich mich ja schämen, dass ich so welche kenne!«

»Ach was«, sagt der Vater, »das wird ihnen nur angehängt von welchen, die neidisch sind. Die zwei sind jung und hübsch und einfach nur lebenslustig. Ich kann das verstehen.«

»Ja, ja«, sagt die Mutter, »du bist ja aus demselben Holz. Hast ja auch versucht, mit der Ulla anzubändeln oder mit der Erna oder mit beiden. Was weiß ich ...«

»Also, so was«, sagt der Vater, »traust du mir so was zu? Ich habe mal bei der Ulla geklingelt, als ich da vorbeikam, ja, das ist richtig, aber nur, weil du mich immer drängst, ein bisschen die Bande zu knüpfen zu deiner Familie.«

»Aber nicht in dieser Form!« kreischt die Mutter und zieht ihre Lippen nach innen.

Drei Monate bin ich krank gewesen, habe im Bett liegen müssen mit Fieber und Husten und kaum gegessen. Aber das ist nicht so schlimm. Ich habe ja was zuzusetzen. Auf dem Nachttisch liegen die Bücher, von den Kindern im Haus. Alle habe ich gelesen und *Robinson Crusoe* sogar dreimal. Zwei Bücher hat der Vater aussortiert. Die sind von der Vreni, und »wer weiß«, sagt der Vater, »ob da nicht noch TBC-Ableger dran sind«. Als ich Kotelett essen will, atmet die Mutter auf. Von da an werde ich gesund. Der Arzt ist zufrieden, und die Eltern sind so froh, dass sie mit mir gemeinsam zu Tante Katrinchens Feinkostladen gehen. Die schenkt mir eine

Scheibe Wurst; mir wäre Schokolade lieber gewesen. Draußen bleibe ich hinter einem Auto stehen, atme tief ein. Der Qualm macht mich glücklich.

»Um Gottes willen!« schreit der Vater und reißt mich fort. »Das ist giftig!«

Kann Gift so schön sein?

Endlich darf ich wieder zur Schule. Herr Schnackertz ist der neue Lehrer. Er weiß nichts von mir und setzt mich in die erste Reihe. Da will ich nicht bleiben, will wieder nach hinten, wo ich hingehöre, denn die Mutter hat erzählt, nach vorne kämen immer die Dümmsten, da seien sie besser unter Kontrolle. Sie selbst hätte natürlich hinten sitzen dürfen, früher im Dorf, in ihrer Schule. Darauf sei sie heute noch stolz.

Und mich setzt Herr Schnackertz in die erste Reihe! Ich bin enttäuscht und wütend. Die Rundfunkzeit ist vorbei, weil die Mutter das nicht mehr wollte, und hier erinnert sich keiner, wer ich gewesen bin. Pesca hat sich heimlich verdrückt. Während ich krank war, ist es ihr wohl zu langweilig geworden. Sie ist weg und hat die Berühmtheit gleich mitgenommen. Liesel sitzt hinten und guckt hochmütig, als ich mich umdrehe, um Werner zu finden, aber der ist gar nicht mehr da. Niemand hat mich lieb, ich bin traurig und ganz allein. Jetzt habe ich die Frage nicht mitbekommen, stottere an der Antwort herum, und am Ende der Stunde glaube ich selbst daran, in die erste Reihe zu gehören. Was ist nur aus mir geworden?

Die Mutter fragt, was passiert sei. Sie kann »hinter meine Stirn gucken«, sagt sie, und sehen, was ich denke. Sie will aber doch, dass ich ihr alles erzähle, und geht am nächsten Morgen mit in die Schule, spricht mit dem Lehrer, und danach sitze ich wieder hinten, und alles ist gut.

»Eine Klasse überspringen – wozu denn das?« fragt der Vater, als er den Brief liest, den ich ihm geben soll. Diesmal findet er keine Fehler, aber darüber freut er sich nicht, schreibt zurück, damit sei er nicht einverstanden. Auch als Herr Schnackertz uns persönlich besucht, die Mutter sich vorher die Lippen schminkt und das Linienkostüm aus dem

Schrank holt, sagt der Vater: »Nein!« Damit ist der Fall erledigt. Ich bleibe, wo ich bin.

Zwischen Mutter und Vater gequetscht, suche ich meinen Weg durchs Leben, durch das Gestrüpp ihrer Meinungen und Gebräuche hindurch. Sie ziehen und reißen an mir, mal von der einen, mal von der anderen Seite. Zwischen ihren beiden Kulturen wachse ich sozusagen zweisprachig auf. Ich kann platt reden wie der Vater und das ›R‹ von der Gaumenspitze rollen lassen wie die Mutter, zwiebelbekränzte *Blootwoosch* essen und die *Königsberger Klopse,* mit denen die Mutter meinen Kinderteller füllt, bei dem sich das Aufessen lohnt, weil im Tellerboden ein wunderbares Bild eingebrannt ist, das ich andächtig betrachte.

Sonntags um elf ist Kindergottesdienst in der Lutherkirche, wo ich blank gebadet und frisch frisiert auf der Bank sitze, biblische Geschichten höre und protestantische Lieder lerne, donnerstags laufe ich mit den anderen Kindern vom Haus zur Agneskirche, in die Maiandacht. Meine Hände sind schmutzig, die Zöpfe haben sich aufgelöst, voller Andacht knie ich nieder, lasse mich vom Weihrauch berauschen und vom vielfachen *Gegrüßet seist du, Maria, voll der Gnaden. Der Herr ist mit dir. Du bist gebenedeit unter den Weibern, und gebenedeit ist die Frucht deines Leibes, Jesu.* Bekreuzige mich mindestens so oft wie die anderen und knickse beim Ein- und Auschecken an der Kirchenbank. Dort, wo mein Vater getauft und zur ersten heiligen Kommunion gegangen ist, dort, wo auf der großen Tafel in der Nische seine tote Familie mit Namen genannt wird, dort will ich gerne zu Hause sein.

»Aber wir sind evangelisch«, sagt die Mutter, und zum Vater gewandt, »falls du es vergessen haben solltest, mittlerweile auch du«, zeigt auf den Christuskörper am Kreuz, das mein Vater mit heiligem Ernst hatte übers Bett hängen wollen. »Mach dir kein Bildnis, spricht der Herr. Bei uns gibt es keine Kruzifixe«, sagt sie, reißt Christus vom Holz und nagelt das nackte Gestell übers Bett.

»Eine eigene Wohnung! Ich wage gar nicht daran zu glauben«, sagt die Mutter, als der Vater mit dem Brief nach Hause kommt.

»Doch«, sagt er, »in der Liebigstraße wird gebaut, und da bekommen wir was auf der ersten Etage mit Balkon.«

Von nun an macht sich die Mutter zweimal in der Woche mit mir auf den Weg. Den Fortschritt des Bauens will sie beobachten, und eines Tages sind Treppen drin, und wir gehen staunend durch die rohen Räume, die demnächst unsere sein werden.

»Hier die Küche, eine Wohnküche«, sagt die Mutter, »mit Balkon. Da das Wohnzimmer, und hier das Schlafzimmer. Die Diele ist auch schön groß; an dieser Wand könnte man die Flurgarderobe anbringen und hier einen Spiegel.« – –

»Es ist schon absehbar, wann wir einziehen können«, sagt die Mutter am Abend, aber der Vater schweigt.

Er hustet, bevor er anfängt zu reden: »Es hat sich etwas geändert«, sagt er. »Wir ziehen nicht in die Liebigstraße. Demnächst werden in der Escher Straße Häuser gebaut, Reihenhäuser, jedes nur zweigeschossig, eine Familie unten, eine oben, und da kriegen wir was. Das dauert noch bis zum Sommer, aber dann ist es auch noch viel schöner als in der Liebigstraße.«

»Ich habe es ja gewusst!« ruft die Mutter und bricht in Tränen aus. »Erst machen sie einem den Mund wässrig, und dann klappt es doch nicht.«

Selbst als der Vater ihr erzählt, dass Amtsrat Müller ihm von der Liebigstraße abgeraten hat, wegen der Leute, die da sonst noch einziehen werden – »Ist doch nicht Ihr Niveau!« –, und dass gegenüber der Schlachthof im Sommer für schlechte Luft sorgen würde, lässt sich die Mutter nicht mehr beruhigen.

»Da haben sie dir nur Honig ums Maul geschmiert, und du bist so dumm, das zu glauben!«

Zwei Wochen später fangen die Ausschachtungen in der Escher Straße an. »Siehst du«, sagt der Vater.

Aber die Mutter bleibt skeptisch, und als sie die Baumaterialien sieht, ist sie richtig empört: »Mit Holz bauen die«, schreit sie, »mit Fertigteilen aus Holz!«

»Ach ja«, sagt eine aus meiner Klasse, »ich weiß, da bauen sie diese Baracken. Da ziehst du ein?«

Dann sind die Häuser verputzt, und das Holz bleibt nur noch am Fußboden zu sehen, den die Mutter vom zweiten Jahr an wegen der Schmutzrillen zum Teufel wünscht – genau wie die mit Klippverschlüssen ausgestatteten Zweifachfenster, zwischen deren Scheiben sich das Schwitzwasser sammelt, so dass sie immer doppelt so viele Scheiben sauber halten muss. »Die Arbeit mit allem«, sagt sie, »habe *ich*.«

Im Juni ziehen wir ein: Nummer 19 im ersten Stock. Fünfundfünfzig Quadratmeter. Schlafzimmer, Wohnzimmer, Küche, Bad, Diele und Balkon. Nach vorne raus kann man bis zum Dom sehen. Der Vater sagt: »Das ist wichtig! Den Dom muss man zu Fuß erreichen können.« Wenn es jetzt klingelt, ist es immer für uns. Das ist für mich das Wichtigste: im eigenen Wohnzimmer auf dem Sofa sitzen und beim ersten Klingeln aufspringen und zur Tür rennen.

Kurz danach wird bei uns um die Ecke die Kanalstraße fertiggestellt, und an der Kreuzung Krefelder Straße, gleich neben der Tankstelle, gibt es ein Gartenrestaurant. Dort sitzen wir manchmal am Samstagabend, der Vater trinkt Bier und die Mutter einen ›Schuss‹. Ich bekomme Apfelsaft, lehne mich zurück, sehe auf die schnellen Autos und fühle mich wie mitten in der großen Welt.

Meine Welt heißt die Jahrbuchreihe, in der ich lese. Die Mädchen dort sind klug und hübsch, wohnen in Häusern mit Gärten und Pool oder in Wohnungen mit zusätzlichen Ess-, Herren- und Gästezimmern, und immer haben sie eigene vier Wände, für die es auf manchen Seiten nützliche Einrichtungstips gibt.

Für mich gibt es ein paar Bügel und zwei Wäschefächer hinter der rechten Tür im Wohnkleiderschrank, die Bettcouch zum Schlafen und den hochgeschraubten Couchtisch für die Hausaufgaben, sofern dort nicht für das Besuchs- oder Feiertagsessen gedeckt werden muss. Dann nehme ich meine Sachen und wechsle an den Küchentisch. Darunter passe ich nicht mehr.

Der Vater zeigt mir den *Schwebenden Engel* von Barlach in der Antoniterkirche, die wieder eingeweiht worden ist. Aber selbst hierfür zeigt die Mutter wenig Interesse. Sie begeistert sich jetzt für die Stadtmission, die auf dem Neumarkt Zelte aufstellt, in die wir, von Posaunen begleitet, hineingehen und mit tausend anderen den flammenden Erweckungspredigten zuhören, von denen Hunderte so bewegt sind, dass sie nach vorne eilen, aus ihrem verpfuschten Leben erzählen und sich vor allen hier und jetzt zum Herrn Jesus bekennen. Ich bin immer auf dem Sprung, es ihnen gleichzutun, meine ganzen Sünden dort oben in aller Öffentlichkeit abzuladen, um ab dann ein wirkliches Kind Gottes zu werden. Aufgestanden bin ich nie, aber immer wenn wir heimgehen, nehme ich mir ganz fest vor, nie mehr Böses zu denken und nie mehr Böses zu tun, bestimmt nicht so was wie Hildegard Knef, die sich in einem Film nackt auszieht, und alle können sie sehen.

»Pfui Teufel«, sagt die Mutter, »aber der Film heißt ja auch *Die Sünderin*. Da muss man sich nicht wundern. Die Welt wird untergehen, mit Nacktheit fängt es an und hört mit Hurerei auf. Wir werden enden wie die in Sodom und Gomorra.«

»Das ist Kunst«, sagt der Vater, »*der ungewöhnlichste Film des Jahres*, steht in der Zeitung. Müsste man sich erst mal ansehen, ehe man darüber urteilt.«

»Diese Schweinerei wirst du dir doch hoffentlich nicht auch noch angucken wollen!« schreit die Mutter, und eine Woche später schreit sie noch mehr. Sie hat bei ihren regelmäßigen Stichproben in seinen Jacken und Hosentaschen ein Kinobillett gefunden für Freitag, 17.30 Uhr, im Schwerthof.

»Du hast mich belogen!« ruft sie. »Du hast gesagt, du hättest länger zu tun!«

»Wieso gelogen?« gibt der Vater zur Antwort. »Ich hatte zu tun: Ich wollte mir diesen Film ansehen, und es ist geradezu lächerlich, welchen Bohei die Leute darum machen. Nicht mal eine Sekunde ist sie nackt, und so schnell kann man gar nicht gucken, um was zu sehen dabei.«

Dann will ich schon eher werden wie Margit Nünke; die wohnt in unserer Nähe und ist ›Miss Germany‹ geworden. Dafür hat sie einen Mannequinvertrag bekommen und eine

Fernsehtruhe und noch viel mehr und ist berühmt. Ich bin auch hübsch und habe noch zehn Jahre Zeit, aber dann will ich auch die Schönste im Land sein.

»Warum sagen die nicht Fräulein Deutschland? Muss sich denn alles amerikanisch anhören?« sagt die Mutter, und da gibt der Vater ihr ausnahmsweise recht.

Zweimal gehe ich zum Haus der Nünkes und klingele, aber es macht keiner auf. Ich hatte fragen wollen, wie man es anstellt, die Schönste zu werden. In *Das Beste* habe ich gelesen, man brauche für jedes Ziel einen genauen Plan.

»Und Geld«, sagt der Vater und schreibt an Barbara Hutton, die so reich ist, dass sie uns was abgeben könnte, so einer netten Familie mit einem hochbegabten Kind, das es bestimmt mal zu etwas bringen wird.

Barbara Hutton hat uns nie geantwortet. Ebenso wenig wie Horst Buchholz, dem ich einen Brief schreibe, weil ich mich in ihn verliebt habe. Später bin ich froh, keinem davon erzählt zu haben, so peinlich ist mir die Geschichte.

Mitten auf dem Küchentisch liegt ein verschlossenes Briefkuvert.

»Da«, sagt die Mutter, als der Vater hereinkommt, »für dich«, geht ins Schlafzimmer und macht sich am Schrank zu schaffen. Tut so, als lässt sie ihm seine Privatsphäre mit dem Brief, dessen Inhalt sie schon kennt. Überm Wasserdampf aufgemacht und später mit Uhu zugeklebt. Von Paula, der Frau, die vor der Mutter dran war beim Vater, mit der er sich verlobt und für die Kücheneinrichtung gespart hatte und sich eines Tages hintergangen fühlte, Schluss machte und statt der Küche ein Motorrad kaufte, auf dem er die Mutter zum Osterausflug einlud, was ihr sehr imponierte. Da wusste sie noch nichts von der Paula.

Lieber Hans,
Du wirst erstaunt sein, daß Du von mir Post bekommst, ja, da hast Du auch Grund zu. Du wirst denken, warum ich schreibe. Das werde ich Dir gleich sagen. Ich träumte jetzt schon 3 Tage

von Deiner Mutter, und da dachte ich, ob vielleicht etwas los ist mit Dir. Weißt Du, Hans, wenn man so fern der Heimat ist, denkt man schon mal gerne an früher, und da kommen einem so manche Gedanken: Wie mag es jetzt in der Heimat sein, und was mag der oder der machen? Und durch die Träume wurde ich wieder an Dich erinnert und dachte so, wie es Dir wohl gehen mag. Ich bin jetzt bald 5 Jahre hier, und ich hätte auch nie geglaubt, daß ich hier mal landen würde, habe aber auch nicht vor, hier immer zu bleiben. Gott bewahre mich davor.

Meine Gesundheit ist nicht mehr die beste. Und ich würde mich sehr freuen, wenn Du mir mal schreiben würdest, d.h. wenn Du Zeit und Lust dazu hast. Später werde ich Dir dann mal mehr schreiben. Für heute alles Gute und herzliche Grüße
Paula

Es dauert lange, bis der Vater aus der Küche kommt. Er setzt sich an den Wohnzimmertisch und fängt an zu essen. Die Mutter sitzt ihm gegenüber.

»Na«, sagt sie, »geht es dir gut?«

»Was meinst du?«

»Ich meine nur so. Wer hat denn da geschrieben?«

»Och, das war ein alter Schulfreund, der Peter Thelen, der lebt jetzt in Bayern.«

Die Mutter steht auf. »Also, du meinst wohl, du kannst mich für dumm verkaufen?«

»Wieso?«

»Du meinst, ich glaube dir, dass P. für Peter herhalten soll?«

»Ja, sicher, sag' ich doch.«

»Nein, das heißt Paula. Ich sage Paula, mein Lieber. Und du weißt das auch. Ich hätte mich gefreut, wenn du mir die Wahrheit gesagt hättest.«

»Na, ja«, sagt der Vater, »ich wollte dir nicht weh tun. Hier, lies.« Und schiebt den Brief über den Tisch. Die Mutter steht auf und geht raus.

Am Abend tippt er auf der kleinen Reiseschreibmaschine einen Antwortbrief und gibt ihn der Mutter zu lesen:

Liebe Paula,
Deinen Brief habe ich erhalten. Um auf Deine Frage zu antworten:
Es geht mir gut, ich habe eine wunderbare Frau, der ich übrigens Deinen Brief gezeigt habe, und ein reizendes Töchterchen. Dass es Dir nicht so gut geht, bedauere ich, kann ich aber nicht ändern.
Gewesenes sollte man ruhen lassen. Insofern möchte ich auch keine weitere Verbindung mit Dir.
Hochachtungsvoll
Hans

Später ist die Mutter manchmal nicht sicher, ob er diesen Brief wirklich abgeschickt hat oder vielleicht doch mal hier und da andere Briefe an sie schreibt, aber der Vater bestreitet das vehement, und wenn sie weiterbohrt, sagt er nur: »Ach, Mama, mach doch keine Geschichten.«

»Der Karl ist tot!«
Die Mutter schreit es dem Vater entgegen, und der wird ganz blass.
»Meine arme Schwester«, weint die Mutter, »und er war doch erst sechsundvierzig, aber ich hab es kommen sehen: immer die vielen Zigaretten und dieser Kaffee, da stand ja der Löffel drin. Vom lieben Gott hat er nie was wissen wollen, der Karl, aber letztens, als ich ihn im Krankenhaus besucht habe, da hat er mir gesagt: ›Wenn ich hier rauskomme, dann gehe ich in die Kirche und danke unserem Herrgott, das kannst du mir glauben, das tue ich.‹«
Vielleicht macht der liebe Gott ihm jetzt doch oben im Himmel die Tür auf. Dafür bete ich am Abend. Und wundere mich, dass der Krieg vorbei ist und die Menschen immer noch sterben können, bevor sie alt genug sind, um ins Grab zu gehören.
Der Trauerzug wird von einem Fotografen begleitet, und das findet die Mutter gut, »denn«, sagt sie, »so bleibt sie der Nachwelt erhalten, diese wirklich sehr schöne Beerdigung,

mit der tiefverschleierten Witwe und einer solchen Anzahl von Blumen und Kränzen, als ob der Chefredakteur gestorben wäre und nicht der zweite Mann im Sportressort.«

Beim Weg zum Leichenschmaus bleibt Onkel Bernhard vor einer Häuserwand stehen, um *auszutreten*, wie der Vater sagt.

Aber gleich kommt ein Schutzmann vorbei, stellt sich hinter ihn und fragt: »Was machen Sie denn da?«

»Ich sortiere meine Kleider«, antwortet der Onkel und macht sich die Hose zu. Danach ist der Vater nicht nur überrascht von der schlagfertigen Antwort, sondern auch, wie er sagt, »von der flüssigen Redeweise, die deinem Bruder ja in keiner normalen Unterhaltung gelingt. Ganz abgesehen davon ist es natürlich auch ungehörig, sich so in der Öffentlichkeit zu entleeren. Das konnte man vielleicht früher bei euch auf dem Land machen, in der freien Natur, wo nur alle zwei Kilometer ein Haus stand.«

»Er hat doch eine Blasenschwäche«, erklärt die Mutter, »schon als Kind, da war er jahrelang Bettnässer.«

»Ach du liebe Zeit«, sagt der Vater, »in was habe ich da bloß eingeheiratet!«

Ist keiner mehr traurig über Onkel Karls Tod? Haben sie alle nur so viele Tränen vergossen, damit die Fotos gut werden? Und jetzt liegt Onkel Karl in dieser großen Truhe und ist nicht mehr wichtig.

»Das Leben muss ja weiter gehen«, sagt Tante Resi und steht schon am Nachmittag wieder hinter der Eistheke. Das ist sie ihren Kunden schuldig!

Auch die Beileidskarte war vom Vater geschrieben worden:
Am Grabe bringen Menschen Blumen.
Warum uns denn im Leben nicht?
Warum so sparsam mit der Liebe
und warten, bis das Augen bricht?
Den Toten freuen keine Blumen,
er fühlt im Grabe keinen Schmerz,
würd' man im Leben Liebe üben,
schlüg länger manches Menschen Herz.

Ich finde dieses Gedicht sehr schön. »Aber Tante Resi hat sich geärgert«, sagt die Mutter. Es habe sich so angehört, als wären sie im Leben nicht gut miteinander umgegangen.

»Stimmt doch auch«, sagt der Vater, »die hatten doch auch immer Krach.«

»Aber sie haben sich trotzdem sehr geliebt«, gibt die Mutter zur Antwort. »Und außerdem soll man die Toten ruhen lassen, das ist Christenpflicht.«

Wenn der Vater um halb fünf nach Hause kommt, ist die Mutter gerade fertig geworden mit Putzen und Aufräumen. Wenn er dann seinen Hut auf die Ablage gelegt, die Jacke über den Bügel gehängt und die Schuhe auf die Strecker gesteckt hat, geht er durchs Zimmer und fängt an: dreht den Aschenbecher einmal um die eigene Achse, zieht am Mitteldeckchen, dass es ein Eckchen weiter zu liegen kommt, hebt die Obstschale an und setzt sie wieder ab und gibt jedem Sofakissen einen solch kräftigen Schlag, dass es mittendrin einknickt. Wenn es dann auf Kommoden und Tischen, Sesseln und dem Sofa nichts mehr zu drehen, zu wenden oder zu rücken gibt, holt er sich das Bürstchen aus der Garderobenschale und kämmt die Fransen vom Läufer glatt, immer in eine Richtung zum Fenster hin, obwohl die Mutter aufschreit, das hätte sie doch heute schon zweimal gemacht, und ob er sich nicht einfach nach dem Dienst auf seinen dicken Hintern setzen könne.

»Ja«, sagt er, »das würde ich gerne tun, und jetzt will ich dir mal vorlesen, was ein Mann von seiner Ehefrau erwarten kann, heutzutage. Das hier ist eine Übersetzung aus einem englischen Hausfrauenjournal, und das gilt genauso für die deutschen Frauen, wenn nicht noch mehr:

Er ist der Hausherr … Hören Sie gut zu, wenn er spricht … Verwöhnen Sie Ihren Mann … Räumen Sie auf, halten Sie das Abendessen bereit, und machen Sie sich schick … Seien Sie fröhlich, er braucht ein bißchen Aufmunterung nach einem ermüdenden Tag. Beklagen Sie sich nicht. Machen Sie es ihm bequem …«

Die Mutter ringt nach Luft, läuft in die Küche und knallt die Tür hinter sich zu. Als sie ihm nach einer Weile das Essen auf den Tisch stellt, hat sie die Kittelschürze gegen ein Kleid eingetauscht.

Der Vater sieht hoch und sagt: »Na bitte, es geht doch!«

Ich nehme mir fest vor, meinen Mann später zu verwöhnen, mich schick zu machen und ihn anzulächeln, ihm zuzuhören und überhaupt die beste Frau zu werden, die sich ein Mann nur wünschen kann.

Ich bin eingeladen. In eines der neuen Häuser auf der Kanalstraße. Da feiert eine aus meiner Klasse Geburtstag bei ihrer Tante im Wohnzimmer. Es gibt Kuchen und Kakao. Danach ziehen wir die Vorhänge zu, legen uns nebeneinander auf den Boden und hören *Put Your Head On My Shoulder*. Wo ist der Arm, der sich um mich legt, die Hand, die mich streichelt, die Schulter, an die ich meinen Kopf lehnen kann? Ich sehne mich so sehr nach dem wirklichen Leben.

Um halb sieben holen mich meine Eltern ab, stehen in der offenen Tür und lächeln. »Ja, diese Kinder«, sagen sie und verstehen überhaupt nichts.

Warum sind die Türen noch immer verschlossen?

Tante Resi hat einen VW Käfer, hellblaue Haare und rosa lackierte Nägel.

»Und Übergewicht«, sagt die Mutter. »Genau wie die Else.«

Obwohl Tante Else nichts dafür kann.

Beim Kaffeetrinken sitzt sie auf der Couch und jammert, sie wisse doch auch nicht, wovon sie immer zunimmt, und schiebt sich das dritte Stück Buttercremetorte auf den Teller. »Ja, heute mal«, sagt sie, »aber sonst esse ich doch so gut wie nichts.«

Dann gehen sie nacheinander auf die neue Waage, die bei uns im Badezimmer steht. Tante Resi sagt, sie habe schwere Schuhe an, und Tante Elses Verdauung ist schlecht, da ist es doch kein Wunder.

Tante Bertha ist auch nicht dünn, »aber euch gegenüber ...«, sagt sie.

Nur die Mutter bleibt ungerührt. Sie ist schlank, weil sie es mit dem Magen hat und kaum was vertragen kann.

Tante Else wohnt weiter weg. Sie hat ein kleines Haus mit einem großen Garten, der ist vorne voller bunter Blumen. Hinten stehen Bohnenstangen, Salatköpfe und Obstbäume. Immer wenn wir sie besuchen, gibt sie uns von allem mit. Am Morgen war die Mutter dagewesen und hatte ihren Knirps bei ihr vergessen. Als ich von der Schule komme, schickt sie mich gleich los, den Schirm zu holen: »Damit der Vater nichts merkt.« Eine halbe Stunde mit dem einen Zug, dann umsteigen und nochmal zehn Minuten Fahrt.

Tante Else lacht, als ich vor der Tür stehe. Den Schirm hat sie gefunden, schenkt mir einen Apfel, den ich gleich essen will, bringt mich zum Bahnhof und in den Zug und … winkt mir mit dem Knirps hinterher.

»Jetzt muss ich dem Vater doch sagen, dass ich morgens unterwegs war«, sagt die Mutter.

»Und wer war alles da?« fragt er.

»Nur wir zwei mit der Else«, sagt die Mutter, und der Vater meint, das seien doch drei, wovon die Mutter sich nicht überzeugen lassen will, und so reden sie dann und reden, und der Vater merkt nicht, dass der Knirps im Ständer fehlt. Den hat Tante Else uns am nächsten Tag zurückgebracht.

Diesmal ist die Adventszeit anders. Kein Rundfunk mehr und auch sonst niemand, der mich zum Gedichteaufsagen und Singen holt.

Das Theaterstück aus dem Blendax-Heft reiße ich heraus, verteile die Rollen unter meinen Klassenkameraden, füge drumherum Lieder, Gedichte und Flötenspiel und nenne das ganze Weihnachtsfeier. Geprobt wird an zwei Nachmittagen der Woche im Milchkeller. Die Erlaubnis hatte ich beim Hausmeister geholt. Ich selbst werde die Mutter spielen: Da habe ich nicht viel zu sagen, aber dauernd auf der Bühne zu stehen, und das will ich, damit ich bei jedem Hänger oder Patzer eingreifen kann. Der Kartenständer wird zum Kulissenschutz, dahinter sind Zubehörteile, Kostüme und

Flöten verborgen und die Kinder, die auf ihren Einsatz warten.

Nach dem Auftritt vor Schülern und Eltern unserer eigenen Klasse bekommen wir viel Applaus und von der Rektorin gleich einen Folgevertrag. Bis zum letzten Schultag vor den Weihnachtsferien tragen wir unser Programm noch viermal vor, zuletzt vor den Großen vom achten Schuljahr. Und da haben wir den ersten und einzigen Patzer, an dem ausgerechnet ich schuld bin: *Und nun singen wir zum Abschluss das bekannte Lied: Alle Jahre wieder...* hätte ich sagen sollen, und sage: »Alle Vögel sind ...«

Trotz der schnellen Verbesserung geht der Gesang im Gelächter unter. War ich nicht mehr richtig bei der Sache gewesen oder trotz der Routine noch aufgeregt oder vielleicht zu sicher, alles im Griff zu haben? Danach ist der Erfolg wie weggeblasen und nur noch diese letzte Ansage mit ihrer Peinlichkeit in meinem Herzen verankert.

Ich gehe in die ›1b‹ der Städtischen Realschule für Mädchen, Niederichstraße. Die Aufnahmeprüfung habe ich bestanden und bin stolz darauf.

Helga lacht darüber. »Für mich war das klar«, sagt sie, »und dabei gehe ich sogar zum Gymnasium, da ist ja alles noch viel schwerer.«

Da hatte ich auch hingesollt.

»Eine Schande für die Begabungen dieses Kindes«, hatte es die Frau Rektorin genannt, den Vater zweimal zur Schule bestellt und sich noch einmal selbst auf den Weg zu uns gemacht. Diesmal war die Mutter in der Kittelschürze geblieben.

»Nein«, hatte der Vater gesagt, »das Schulgeld für die Realschule kostet schon zehn Mark im Monat, und fürs Gymnasium müssten wir fünfzehn Mark bezahlen. Und dann will sie womöglich auch noch studieren. Wovon sollen wir das finanzieren?«

Dafür, hatte die Rektorin entgegnet, gebe es ja Zuschüsse und später sicher ein Stipendium.

Aber der Vater hatte sich weiter gewehrt: »Damit ist es ja noch nicht getan. Da sind dann auch welche aus besseren Kreisen, die haben ganz andere Ansprüche, und mit denen will unser Kind dann mithalten. Ja, wo kommen wir denn da hin? Ich bin mittlerer Beamter und kann meine Familie ernähren, aber wir wollen doch mal auf dem Teppich bleiben! Und außerdem, sehen Sie sich das Mädchen doch mal an. Die wird bestimmt schnell einen Mann finden und Kinder bekommen, und dafür braucht sie weder Abitur noch Studium – nicht wahr, Frau Direktor?«

»Kann ich Ihnen was anbieten«, hatte die Mutter gefragt, aber da war die Rektorin aufgestanden, hatte »Nein, danke« gesagt und war wieder gegangen.

Danach hatte sich der Vater einen Schnaps genehmigt, über »die alten Juffern« gelacht, die ja nur deshalb studieren müssen, weil sie keinen Mann abkriegen, und mich mit dem Siphon zum Bierholen geschickt.

Mit mir zusammen will die Mutter Englisch lernen, und nach ein paar Wochen hat sie drei Wörter behalten: »Batter namber tu«, sagt sie wenn sie die Margarine meint. Sie ist sicher, dass niemand sonst versteht, was sie damit sagen will. Alles weitere wird ihr zu schwer, und außerdem hat sie eine neue Leidenschaft: Werner Heukelbach, Prediger im Radio. Von ihm gezwungen, knien wir vor dem Bett nieder und geloben, uns vom Teufel zu lösen und nur noch in Gottes Hand zu begeben. Die Post bringt Umschläge mit den Traktaten, die die Mutter in frommem Eifer in die Briefkästen der Nachbarschaft wirft.

Tante Bertha geht jetzt jeden Morgen ins Büro, und die Mutter will auch arbeiten, damit sie sich mal was leisten kann.

»Kommt überhaupt nicht in Frage«, sagt der Vater, »ich bin Beamter, ich kann meine Familie alleine ernähren. Meine Frau muss nicht arbeiten gehen. Das will ich nicht.«

»Ich aber«, sagt die Mutter, »nur zweimal in der Woche, in

der Bäckerei auf der Krefelder Straße. Da habe ich mich vorgestellt, und die wollen mich haben, und das Kind ist doch schon groß genug, um mal ein paar Stunden alleine zurechtzukommen.«

»Soweit kommt das noch«, sagt der Vater, »unsere Tochter ein Schlüsselkind! Auf gar keinen Fall! Du bist Hausfrau und Mutter. Und das genügt. Außerdem wirst du doch schon so kaum fertig, kühmst dauernd über die tägliche Plackerei. Und jetzt willst du auch noch anderswo schuften. Als Verkäuferin – dass ich nicht lache!«

»Du behandelst mich wie eine Leibeigene!« sagt die Mutter. »Ich lasse mich nicht einsperren von dir, und ich lasse mir auch nicht vorschreiben, was ich tun kann und was nicht. Wenn ich das gewusst hätte …«

»Ich verbitte mir diesen Ton!« sagt der Vater. »Ich bin hier der Haushaltungsvorstand, denn ich bin der, der das Geld nach Hause bringt!«

»Red doch nicht so viel mit dem Mund!« ruft die Mutter, und dann schreien sie und schreien, mal der eine, mal der andere und auch mal gemeinsam, so lange und so laut, bis der Besenstil von unten zur Ruhe ruft.

Danach sind sie tagelang still. Wenn der Vater heimkommt, sagt er guten Tag. Die Mutter schweigt, nimmt ein Stück Papier und schreibt auf, was sie ihm sagen will. Wenn er das gelesen hat, setzt er sich hin und gibt ihr seine schriftliche Antwort: *Geschenke, die nichts kosten: Ein freundl. Gesicht bei der Eintönigkeit des Lebens. Ein vorsichtiges Schweigen, wenn andere Fehler machen. Ein kleiner Dienst dem Schwächeren, ein Wort des Scherzes für die Kinder. Ein Händedruck für den, der traurig ist. Ein geduldiges Zuhören für den Lästigen. Ein Blick des Mitgefühls für den, der Leid verbirgt und der sich seines begangenen Unrechts schämt.*

Schämst du dich denn wenigstens? fragt die Mutter auf einem neuen Zettel, den sie dem Vater zeigt, aber der sieht nur kurz hin und schnaubt verächtlich.

Manchmal liest sie in ihrem Andachtsbuch, streicht eine Zeile an und schiebt ihm die hinüber. Wenn die Zeit zur Beantwortung drängt oder kein Stift zu finden ist, werde ich als Sprachrohr benutzt: »Sag deinem Vater, dass ich ein Mensch aus Fleisch und Blut bin und kein Fußabtreter!« – »Bestell der Mama, sie soll sich besser in Liebe üben statt ständig zu beten und die Nase in die Bibel zu stecken. Das ist heuchlerisch.«

»Also, wenn du mir jetzt auch noch meinen Glauben vorwirfst, davon lass' ich mich nicht abbringen, wenigstens das kann ich noch alleine entscheiden. Und Gott weiß, wie ich mich immer bemühe.«

»Bloß merke ich nichts davon«, sagt der Vater und nimmt sich die Zeitung aus dem Ständer.

Sie reden wieder miteinander. Sie haben es gar nicht gemerkt, aber mich beruhigt das sehr. Gleich wird die Mutter ihn zum Essen rufen, und danach ist wieder alles im Lot, bis zum nächsten Mal.

Es sind Ferien, und wir fahren in das kleine Taunusdorf zurück.

»Alles vergessen und vergeben«, sagt der Vater und wartet darauf, dass die Mutter zustimmt. Die aber schweigt.

Ich laufe gleich in den Hof, auf die Straße und in die Ställe. Ein Kälbchen leckt mir die Milch von den Fingern. Ich bin so froh, wieder da zu sein.

»Ulrich macht ein Lehre in Marburg«, sagt die Bäuerin, »der kommt erst heute abend nach Hause.«

Der Tisch ist schon gedeckt, ich sitze auf der Bank unterm Fenster, wie früher; der Platz neben mir ist noch frei. Die Tür geht auf, und im gleichen Moment stürzt mein Denken zusammen. Es ist, als ob ein Orkan durch meinen Kopf donnert, ich verstehe kein Wort von dem, was der Junge zu mir sagt, starre ihn an, und plötzlich flattern tausend Schmetterlinge durch meinem Bauch.

»Kannst du nicht antworten?« fragt die Mutter. »Ulrich hat dich gefragt, wie es in der Schule geht!«

Ich sage: »Gut, ja« und kriege keinen Bissen mehr runter. Als er neben mir sitzt, kann ich mich kaum noch bewegen.

»Ich glaube, du hast Fieber«, sagt die Mutter und zieht mich vom Tisch, zur Tür hinaus nach oben. »Komisch, keine Temperatur, aber irgendwie siehst du so merkwürdig aus. Also, geh schon mal ins Bett. Nicht, dass du krank wirst.«

Zwei Ferienwochen lang versuche ich mit meiner Agfa-Box ein Foto von ihm zu machen. Irgendwann gelingt es mir. Hinten im Garten, neben den Gladiolen bleibt er stehen, fragt: »Hier?«, und ich sage: »Gut, ja«, und das ist alles, was ich mit ihm rede in diesen vierzehn Tagen – zweimal »Gut, ja.«

Als das Foto entwickelt ist, bin ich glücklich. Er sieht so unbeschreiblich aus, dass meine Freundinnen sich nicht satt sehen können. »Und das ist dein Freund?« fragen sie und sehen mich an, meine Affenschaukeln, mein kariertes Hängerchen.

»Ja«, sage ich, »er ist mein Freund.«

Abends frage ich die Mutter, ob man das dürfe, einen Jungen gerne haben.

»Wen denn?« fragt sie.

»Den Ulrich«, sage ich und werde wieder rot.

»Dachte ich mir«, sagt sie und nimmt mich in den Arm.

Ich darf nicht mehr mit der Taschenlampe unter der Bettdecke lesen. »Aber noch was denken, darf ich das?« Ja, das erlaubt sie.

Am letzten Tag im Dorf hatte der Bauer uns zum Abschied zwei Täubchen mitgeben wollen, und ich hatte mich gefreut, als er mir das eine in die Hand gab. »Halt es gut fest«, hatte er gesagt und dem anderen ganz schnell den Hals umgedreht. Ich hatte schreien wollen und meinen Vogel fliegen lassen, aber keinen Ton hervorgebracht, den Vogel eisern festgehalten, bis der Bauer in abnahm, lachte, und mit einem kleinen Dreh war auch dieser Vogel tot. »Hast du gut gemacht«, sagte der Bauer, und mir war schlecht geworden. Täubchenfleisch esse ich niemals im Leben.

»Ein Exempel statuieren will sie«, sagt Fräulein Mielke während unserer Deutschstunde und macht die Tür auf. Herein kommen zwei Mädchen aus der Vierten, deren Klassenlehrerin sie ist, müssen sich kerzengerade und mit dem Gesicht vor uns stellen und werden verhört:

»Ist es richtig, dass ihr gestern am Rhein spazieren gegangen seid?« fragt Fräulein Mielke, lehnt sich ans Pult und stemmt die Hände so heftig in die Hüften, dass die wie mit dem Zirkel gemalten Schweißränder unter ihren Achseln zu verlaufen drohen.

»Ja«, antwortet die eine.

»Was ist denn daran verboten?« fragt die zweite.

»Und ist es richtig, dass zwei Jungen hinter euch her gegangen sind?« fragt die Mielke, ohne den Einwand zu beachten.

Jetzt antworten beide: »Aber da konnten wir doch nichts für!«

»Nichts dafür?« schreit Fräulein Mielke und wird unter den Brillengläsern ganz rot vor Ärger. »Mit den Hüften gewackelt habt ihr und so aufreizend geguckt und gelacht, da mussten die Jungen sich ja geradezu aufgefordert fühlen. Ihr wart ja regelrecht darauf aus, von denen angesprochen zu werden.«

»Wir haben doch gar nicht mit denen geredet, und dass die hinter uns waren, ist doch nicht unsere Schuld.«

»Wenn euer Benehmen anders gewesen wäre, hätten die beiden keinen Anlass gehabt, euch zu verfolgen. Ihr hattet es darauf angelegt, mit diesen Jungen zu schäkern oder noch mehr. Ich habe euch genügend lange beobachtet, bevor ich mich eingeschaltet habe. Ihr werdet beide eine Strafarbeit schreiben von mindestens zehn Seiten mit dem Titel: ›Wie benimmt sich ein anständiges junges Mädchen in der Öffentlichkeit?‹. Und wenn ich noch einmal einen solchen Skandal mit jemandem aus dieser Schule erlebe, gibt es einen Schulverweis.«

Wir anderen hatten während der ganzen Zeit gespannt zugehört, uns auf der sicheren Seite gefühlt und im Grunde so etwas wie Schadenfreude für die zwei Jahre älteren Mädchen empfunden, die uns sonst immer so von oben herab behandelt hatten. Aber tief in mir drin habe ich gewusst, dass ich eigentlich hätte aufstehen und protestieren müssen.

»Ihr könnt gehen«, sagt Fräulein Mielke und schwingt sich

aufs Pult, schlägt die Söckchenfüße übereinander und leckt sich wie nach einem guten Mahl über die dünnen Lippen.

»Schlagt eure Lektüre auf«, sagte sie. »Jeremias Gotthelf. Das Erdbeeri Mareili. Wir lesen weiter, wo wir in der letzten Stunde aufgehört haben. Karoline, du fängst an.«

So verliefen die Jahre Mareili fast unbewusst, von ihm kaum gezählt. Es litt nichts Besonderes, es erwartete nichts Besonderes, es zählte jeden Tag mit Weisheit, füllte ihn mit Treue, genoss mit Dank, was Gott ihm gab, und war er vorüber, so empfahl es ihn Gott, dass er denselben ihm zugute legen möge in Huld und Gnade, und nahm einen neuen Tag aus seiner Hand mit der Bitte, dass er ihn bewahren möge vor Versuchung und erlösen von allem Bösen, und ging mit Liebe daran…

Morgens steht der Vater auf, und wenn er im Badezimmer fertig ist, weckt er mich. Dann wasche ich mich, ziehe mich an, flechte meine Zöpfe und gehe in die Küche. Dort stehen eine Tasse Malzkaffee und Brot, Butter und Marmelade bereit. Der Vater nimmt seinen Teller und die Zeitung und setzt sich ins Wohnzimmer auf den vorderen Sessel. Auf dem hinteren ist mein Bettzeug zum Lüften ausgelegt, die Couch schon zur Tagesansicht zusammengeklappt. Selbst im Winter sitzt er dort bei offenem Fenster, »denn«, sagt er, »morgens muss jeder in Ruhe seinen Tag beginnen.«

Die Mutter schläft noch. Das muss sie, weil sie nachts immer wach liegt und erst am Morgen einschlafen kann. Der Freitagsschlaf ist anders. Da ist sie früh auf, steht im Badezimmer hinter mir, zieht den Scheitel auf meinem Kopf gerader und die Söckchen an den Beinen höher, stellt drei Teller auf den Küchentisch und verordnet ein gemeinsames Frühstück. Sie will über dieses und das mit uns reden, will, dass wir aus der Bibel statt in der Zeitung lesen und nimmt sich vor, nun täglich so früh dabeizusein. Leider beginnen montags wieder ihre Schlafstörungen. Was will sie machen? Dass sie freitags früh heraus muss, hat seinen Grund:

Es sei, sagt sie, ihr Hauptkampftag, und wie wolle sie fertig werden, wenn sie nicht in aller Herrgottsfrühe beginne?

Vor allem, wo wir nun auch noch einen Garten haben, eigentlich nur einen Teil davon, aber der füllt ihr Leben bis in die Ecken aus. Der gemietete Boden liegt gleich gegenüber, auf der anderen Straßenseite, so schnell und leicht zu erreichen, dass der Vater schon morgens um sechs hinübergeht, das Wachsen bewundert und den Vögeln lauscht. »Mein Morgengebet«, sagt er.

Die Mutter zupft das Unkraut heraus, erntet, was Sträucher und Bäume hergeben, und ist glücklich. Nun hat sie nicht nur Erde, in der sie wühlen kann, sondern auch noch eine neue vornehme Freundin; Frau Dr. Menzel, Volkswirtin mit einem Posten im Wirtschaftsministerium. Die ist Pächterin der Gesamtparzelle, aber so beschäftigt, dass sie freundlicherweise auf ein Stück verzichten will. Natürlich nur, wenn wir uns würdig erweisen. Frau Menzel wird zum Maß aller Dinge. Sie ist kriegsbedingt und unverschuldet ehelos, aber sie hat Pflegekinder, für deren Wohl und Weitergehen sie sorgt und sorgt und sorgt.

In dem kleinen Bretterverschlag dürfen wir Rechen, Harke und Gieskanne abstellen. Das Häuschen mit der hübschen Veranda bleibt abgeschlossen, trotz aller Freundschaft. Blumen pflanzt die Mutter keine, die lässt sie mich in der Nippeser Schweiz pflücken.

Dort passiert es zum ersten Mal: Hinter den Forsythienbüschen steht ein Mann mit offenem Hosenschlitz, und was da herausguckt, solle ich anfassen dürfen, sagt er. Was wäre geschehen, wenn ich es getan hätte? Abends im Bett lässt der Gedanke mich nicht einschlafen. Es lebt, pulsiert und vibriert in mir. Ich bin elf und habe lange Zöpfe und verstehe nichts von dem, was um mich und in mir geschieht. Dauernd sehe ich in offene Knopfreihen, auf Fahrrädern und Bürgersteigen, hinter Büschen, unter Torbögen, in Hauseingängen – überall, wo ich gehe, sind sie schon da.

Ich fühle mich schmutzig und schlecht, fange an mich zu schämen, erst recht, als mich die Mutter wegen all diesem zur Polizei schleppt, wo ich mutterseelenallein einer Frau gegenübersitze, die mich nach Einzelheiten fragt, in mich dringt und die Stirne kraust, weil ich den Ausdruck Penis kenne, und mich streng fragt, woher ich diesen Namen wisse. Ich sage nichts mehr, würde gerne vor Scham versinken, renne hinaus und nach Hause. Von da an erzähle ich nie mehr und keinem von den Anfassern und Ansprechern, von den Entblößten und denen, die sich vor der Einkaufstheke fest von hinten an mich pressen oder mir blitzschnell unter den Rock greifen. Von da an bin ich sicher, Fräulein Mielke hat recht, ich bin selbst schuld und bete jeden Abend um Vergebung dafür.

Die Mutter hat im Garten Kirschen geerntet, und ich bin am Bahndamm den Brombeeren hinterhergekrochen. Die Mutter hat Rückenschmerzen und ich verkratzte Hände und einen großen Dorn unterm Fußballen, der mit Ziehsalbe herauseitern wird, und muss die Kirschen entkernen.

»Das ist ja das einzige, was du mir helfen kannst«, sagt die Mutter. Sie kocht ein und Marmelade, und füllt den Rest ins Geschirrtuch, aus dem es langsam in die Kannen tropft. Sie legt mir ein Blatt vor die Schüssel, das soll ich lesen. Da steht:

Wie sag' ich's meinem Kinde?
Tret' ich da neulich im Dämmerschein
ganz leis' ins Kinderzimmer ein,
hab' schnell ich mir ein Lauschereckchen gewählt,
wollt' hören, was mein Pärchen sich erzählt.
Da, richtig, kommt die Geschichte vom Storch.
»Nein, Liesel«, spricht Hans mit viel Bedacht,
»der Storch, der hat uns beide nicht gebracht,
der hat sich nicht mit uns gequält.
Mama hat's mir neulich erzählt.
Das mit dem Storch sind alles nur Sagen:
dass er uns in seinem Schnabel getragen,
und dass wir lagen vorher im Teich –
's ist alles nicht wahr, ich dacht' es mir gleich.
In Wirklichkeit ist das viel schöner, du,
da liegt so ein Kindlein ganz in Ruh,
solang' es noch zart ist und winzig klein,

an Mutters Herzen. Du, das ist fein.
Die Mutter muß das Kindlein pflegen,
sie darf sich nur ganz sachte bewegen,
damit sie ihm keinen Schaden tut,
solang' es an ihrem Herzen ruht.
Allmählich wird das Kindlein groß,
's löst sich von der Mutter los,
die leidet dabei viele Schmerzen,
es löst sich ja von ihrem Herzen.
Doch schön ist, wenn das Kind erst da,
dann freut sie sich und schenkt's Papa.«
Liesel hat schweigend zugehört,
den großen Bruder nicht gestört,
Doch jetzt hebt sie zu ihm das kleine Gesicht,
und zaghaft sie die Worte spricht:
»Eins kann ich dabei nicht verstehen:
Warum muß das immer den Muttis geschehen?
Können die Kinder nicht Vätern am Herzen liegen,
können Papas keine Kinder kriegen?«
»O nein«, spricht Hans, der kluge Mann,
»das geht nun ganz und gar nicht an.
Sie wären ja gerne dazu bereit,
haben aber zu wenig Zeit.«
Und dann spricht Liesel und sie lacht:
»Papas bewegen sich nicht so sacht.
Ich sah es neulich selber mit an:
Sie springen von der elektrischen Bahn,
laufen hinterher oft ganze Strecken,
da würde das Kindlein sich schön erschrecken.
Da ist's doch schöner bei Mama,
O sieh mal, Hans, da ist sie ja.«
Und beide halten mich umschlungen,
rechts hab' ich das Mädel und links den Jungen.
Und als ich mich zu guter Letzt
ins Schlummereckchen mit ihnen gesetzt,
hebt Liesel das strahlende Augenpaar:
»Mutti, was Hans gesagt hat, ist das wahr?

Als ich ganz klein gewesen bin,
lag ich bei dir am Herzen drin?«
Fest schmiegt sie in meinen Arm sich hinein.
Muß das schön gewesen sein.

Danach sind nicht nur meine Hände rot. Aber ein paar Wochen später ist es soweit.

»Du armes Kind«, sagt die Mutter, »das bekommst du jetzt alle vier Wochen«, zieht mir das blutverschmierte Nachthemd aus, geht mit mir zum Kaufhof, um Binden und einen Bindengürtel zu kaufen, streichelt mir über den Kopf, guckt ganz lieb und fragt, was ich zu Mittag essen möchte.

»Vanillepudding«, sage ich und finde, dass diese merkwürdige neue Sache eigentlich ganz angenehm zu werden scheint. Und für das schmerzhafte Ziehen im Bauch findet die Mutter auch eine Lösung:

Schnell verklingend wie ein Ton
schwindet Schmerz mit Melabon.

Der Vater geht jede Woche ins ›Aki‹ mit mir. ›Aktualitäten Kino‹ heißt es, und hier erfährt man in der Wochenschau, was auf der Welt passiert. Damit man nicht dumm durchs Leben geht. Ich denke an die Mutter, die niemals mitkommt und wahrscheinlich nie was vom Leben erfährt. Wenn sie dort von den kleinen Leuten und vom kleinen Mann sprechen und der Vater einverständlich nickt, bin ich sicher, dass er damit gemeint ist, und freue mich.

Filme wie *Der Nürnberger Prozeß* und *Der Untergang der Titanic*, in die der Vater mich mitnehmen will, hält die Mutter für ungeeignet, aber auch hier setzt sich der Vater durch. Kein Abitur und kein Studium, aber Allgemeinbildung sei wichtig. »Und dazu gehört auch«, sagt er, »zu wissen, was gewesen ist.«

Die nackten Menschen auf dem Weg in die Gaskammer laufen mir weiter durch den Kopf. Manchmal kriege ich keine Luft, wenn ich an sie denke und mir vorstelle, welche Angst sie gespürt haben, und wie ich fühlen würde, wenn ich so dastehen müsste.

Noch schlimmer sind die Ertrinkenden im Eismeer, ihre entsetzen Blicke, die mir die Kehle zuschnüren. Am Abend bitte ich den lieben Gott, mich niemals ertrinken zu lassen, aber auch vergast werden will ich nicht, am liebsten gar nicht sterben oder wenigstens erst, wenn ich alt genug bin dafür.

Nachts wache ich auf, verschwitzt, mit klopfendem Herzen, bin untergegangen oder stehe nackt vor dem Ofen. Keinem erzähle ich davon, dem Vater nicht, um ihn nicht zu enttäuschen, und der Mutter nicht, damit sie nicht recht haben kann.

Die Großmutter zieht zu uns.

»Für ein halbes Jahr«, sagt die Mutter, »das muss gehen. Natürlich haben wir keinen Platz für sie, aber die anderen auch nicht. Und irgendwo muss sie ja leben. Bei der Bertha war sie auch ein halbes Jahr, und Walter will sie nach uns nehmen. Bei meiner Schwester Resi hat sie sogar zwei Jahre gewohnt.«

»Und den Haushalt gemacht«, sagt der Vater, »so viel geschuftet, dass sie ein Auge verloren hat vor lauter Anstrengung. Bei uns wird sie es gut haben.«

Sie schläft auf meiner Couch und ich wieder auf der Ritze im Ehebett. Wenn sie Kartoffeln schält, nimmt die Mutter jede einzelne in die Hand und holt die verbliebenen Augen heraus. Wenn sie spült, reibt die Mutter prüfend über Tassen und Teller und weicht nochmals ein, wegen dem Knast, der noch dran ist. Schließlich sitzt die Oma nur noch in der Küche, im Korbsessel zwischen Tisch und Kühlschrank. Und seufzt.

»Hast du es so schwer?« frage ich, um was zu sagen, aber das findet sie ungehörig und frech und will sich so was nicht bieten lassen von mir.

Als das halbe Jahr vorbei ist, packt sie den Koffer und zieht weiter zum nächsten Kind von den vielen, die sie geboren und aufgezogen hat.

»Das hätten wir geschafft«, sagt die Mutter.

»Eigentlich schlimm«, sagt der Vater. »Eine Mutter kann

zehn Kinder versorgen, aber zehn Kinder haben Mühe, eine Mutter durchzukriegen. Andererseits lohnen sich Kinder noch immer, denn die Bundesbahndirektion in Frankfurt am Main hat bekanntgegeben, dass von jetzt an zehn bis neunzehn Jahre alte Kinder auf den Strecken der Bundesbahn nur noch den halben Fahrpreis bezahlen müssen. In den Genuss dieser Regelung kommen allerdings nur Familien mit mindestens drei Kindern.«

»Schade«, sagt die Mutter, »da haben wir wohl zwei zu wenig.«

Dabei fallen mir noch einmal die verschollenen Brüder ein, die leider niemals plötzlich vor unserer Tür gestanden haben und mit der Zeit genauso ins Bodenlose verschwunden sind wie Pesca und meine Berühmtheit und eine Menge Hoffnung und Zukunft und Sicherheit.

Trotz der fehlenden Fahrpreisvergünstigung fahren wir in den Sommerferien nach England. Mit dem Zug nach Ostende und von dort aufs Schiff. Die Überfahrt ist stürmisch, der Mutter wird schlecht, der Vater trinkt Whiskey dagegen, und ich stehe auf dem Vorderdeck, wo ein paar junge Leute Musik machen, lasse meine Zöpfe im Wind wehen und fühle mich auf dem Schiff, auf dem Meer und überhaupt in der Welt zu Hause.

Von der Victoria Station an verlässt sich der Vater voll und ganz auf mich und meine Englischkenntnisse, die ich gleich beim Busfahren mit Erfolg testen kann, denn tatsächlich erwischen wir die richtige Linie und auch den richtigen *bus stop* zum Aussteigen. Beim *YMCA* bekommen wir einen Zettel mit Namen und Anschrift.

»Dorthin«, sagt der Vater, »fahren wir mit dem Taxi.« Natürlich gehen wir nicht ins Hotel oder in eine Pension, das ist dem Vater zu teuer. Privatunterkunft heißt die Sparformel, und sie geht vorerst auf.

»Eine hübsche Gegend«, findet die Mutter, »und das Haus sieht doch schön aus.«

Wir klingeln. Es öffnet ein junger Mann, hinter dem ein noch jüngerer sich lachend bemerkbar macht.

»Oh sorry«, sagt der erste. »It's not very cosy here at the moment.« Nein, gemütlich ist es nicht mit den Leitern und Farbtöpfen und den abgedeckten Sesseln und Schränken. »But you are welcome«, sagt der Mann und führt uns nach hinten in ein Zimmer mit Doppelbett und einer Couch vor dem Fenster, die soll für mich sein.

»Right?« fragt er

Und ich sage: »Yes, okay.«

»Frag ihn, wo wir frühstücken können«, sagt die Mutter, und der junge Mann beeilt sich, mich in die Küche zu begleiten, zeigt mir Toaster und Herd und macht mir klar, dass wir uns selbst bedienen können. Jedenfalls verstehe ich das so.

Natürlich bin ich furchtbar aufgeregt wegen der Verantwortung, die sich mir allmählich zentnerschwer auf die Schultern legt. Alles, was schief geht, werden sie mir in die Schuhe schieben. Ich verstehe weniger als die Hälfte von dem, was mir entgegenkommt, aber ich nicke und lache und antworte mit immer gleichem *okay, yes* und *allright*.

Wir schlafen ganz gut, aber morgens sucht die Mutter das Geschirr zusammen und findet kein Schwarzbrot und sonst noch eine Menge nicht von dem, was sie unter einem Frühstück versteht. Dafür kommt der ältere der beiden Männer mit Unterhemd und Trainingshose durch eine andere Tür herein, greift sich die Pfanne und schmeißt Speck und Eier hinein.

»Hi«, sagt er. »Do you also like some?«

Ich nicke und bekomme einen Teller mit *ham and eggs*. Danach gibt er uns einen Schlüssel vom Haus, und die beiden Männer sind weg.

»Komisch«, sagt der Vater. »Gibt es keine Frau hier? Wie gehören die zwei denn zusammen? Für Vater und Sohn ist der Altersunterschied nicht groß genug, vielleicht sind sie Brüder. Was haben sie denn gesagt?«

Wenn ich das wüsste. Ich stottere ein bisschen herum, ich hätte verstanden, die Frau wäre in Urlaub, und es würde ja renoviert, und wir sollten uns zu Hause und wohl fühlen.

Als wir gehen, kommen drei Anstreicher, die haben auch einen Schlüssel, und der Vater würde am liebsten dableiben, wegen der Kleidung, die wir zurücklassen, und des Koffers. Alles andere nehmen wir mit. Am Nachmittag fühle ich mich bereits wie eine richtige Dolmetscherin. Die Leute sind freundlich, wenn ich sie frage, sie geben sich Mühe, und unser Besichtigungsrundgang wird ein voller Erfolg.

»Number ten, Downing Street«, sagt mein Vater, »hier wohnt der britische Premierminister McMillan.«

Die Mutter interessiert sich mehr für den Buckingham-Palast und die königliche Familie dahinter. Der Vater fotografiert die Mutter und mich neben dem standfesten Bewacher und später mich alleine, wie ich gerade einen Polizisten nach dem Weg zum Tower frage.

Auf dem Trafalgar Square steht eine Gruppe buntgekleideter Inder, die uns bitten, ein Foto von »all of us« zu machen und dann auch noch mit mir und mit der Mutter und schließlich unsere Adresse aufschreiben. Wahrscheinlich für die Fotos, aber tatsächlich stehen sie zwei Wochen später vor unserer Tür, diesmal ohne Sarongs und Überhänge, sondern mit Jeans und westlich gekleidet. Die Mutter lässt mich beim Bäcker Kuchen besorgen und ist mächtig stolz auf das große amerikanische Auto, das vor unserer Tür parkt. Eine Woche später werden wir in das von den Fremden für die Deutschlandtour angemietete Haus eingeladen, bewirtet mit allerhand Undefinierbarem, und schließlich beschließen das indische Mädchen Winnie und ich, uns zu schreiben. Als sie mich allerdings einige Zeit später einlädt, zu ihr nach Rangoon zu kommen – ihrem Vater gehört eine Fluggesellschaft, und er wird das Ticket schicken –, da kommen dem Vater Zweifel: »Vielleicht steckt ja doch ein Mädchenhändlerring dahinter ...« So geht diese Freundschaft wieder schnell in die Brüche.

An jenem Nachmittag aber sind wir noch Feuer und Flamme für die Erweiterung unserer Beziehungen, und der Vater sagt stolz: »Siehst du, die Menschen sind doch überall gleich, und wenn man freundlich zueinander ist und hilfsbereit, dann schafft man sich immer und überall Freunde.«

Am Abend kommen die beiden Männer von ihrer Arbeit

zurück und fragen mich, ob ich mit ihnen ins Kino gehe. »Die nächste Vorstellung beginnt um halb sieben«, sagt der Jüngere.

Das gebe ich an den Vater weiter, danach sitze ich schon im Auto neben dem Älteren, und es geht los. Durch London, ich mit zwei Männern. *Great!* Sie scheinen nicht genau zu wissen, wo das Kino ist, und dann gibt es nicht gleich einen Parkplatz, und schließlich kommen wir nicht mehr rein und warten bis zum nächsten Einlass, der ist erst um Viertel vor neun. *The Prince and the Showgirl* mit Marilyn Monroe und Sir Lawrence Olivier.

Die Zuschauer essen Popcorn, trinken Cola, klopfen sich auf die Schenkel, »oh look! Isn't she nice?«, lachen, und ich bin sicher, nichts von dem, was ich sehe und höre, jemals in meinem Leben zu vergessen. Es ist halb elf, als wir das Kino verlassen, das Auto haben wir schnell gefunden, allerdings beginnt dann ein Gewitter mit einem Platzregen, der die Straße in einen reißenden Strom verwandelt und uns in den nächsten *tea room* flüchten lässt.

Dies ist meine Stunde, der Moment meines Lebens, von dem ich weiß, dass er mir nie mehr abhanden kommen wird. Ich bin weit weg von zu Hause, in England, in London, ich sitze hier mit zwei netten Engländern und spreche englisch mit ihnen und verstehe sogar das meiste, was sie mich fragen und zu mir sagen. Beispielsweise wie ich heiße, wie alt ich bin, ob ich einen Freund habe, ob es mir in London gefällt, wie lange ich schon Englisch lerne. Und dass ich hübsch bin, sagen sie, und das ist das Wunderbarste. Ich sitze in einem *tea room* in London, sehe hinaus in den strömenden Regen und fühle mich wie in einem Film.

Auch der Vater hat sich wie in einem Film gefühlt, »aber in einem schlechten«, sagt er, als wir gegen Mitternacht heimkommen. Er und die Mutter stehen händeringend vor der Tür, schreien mich an, wie ich ihnen so was antun könne, was sie denn hätten machen sollen. Sie hätten ja nicht mal gewusst, wie diese Leute heißen. Und wie hätten sie sich verständlich machen sollen in dieser fremden Stadt? Außerdem würde jeder sie als verantwortungslose Eltern gesehen haben, wenn sie erzählt hätten, was passiert wäre, nämlich dass sie ihre dreizehnjährige Tochter mit zwei wildfremden und undurchsichtigen jungen Männern abends durch London fahren ließen, oh mein Gott!

Die beiden Männer fragen, was los ist, und versuchen zu erklären, dass sie schuld seien, aber sie hätten einfach nicht weiterfahren können bei dem Wetter.

Zwei Tage später sind wir wieder auf dem Heimweg.

»Also, interessant war das ja schon«, sagt die Mutter.

»Aber auch aufreibend«, sagt der Vater.

Die nächste Reise zur Weltausstellung nach Brüssel findet ohne Übernachtung statt und birgt insofern keine Risiken.

Der Friseur ist begeistert. »Wie aus dem Heft«, sagt er. Die Mutter lächelt zuckersüß, und ich hoffe, dass mir niemand begegnet beim Weg nach Hause zurück. Statt der langen Zöpfe habe ich jetzt eine kurze Innenrolle. Der Vater sagt: »Siehst aus wie alle, nichts mehr Besonderes.«

Und gerade das will ich doch sein.

Wieder bin ich eingeladen, aber diese Party fängt erst um fünf Uhr an, »und das ist zu spät«, sagt der Vater. Dreimal gehe ich mit ihm spazieren, höre zu und nicke, bin mit allem einverstanden und seiner Meinung, und jedes Mal, bevor wir nach Hause kommen, stelle ich die eine Frage: ob ich nicht doch am Samstag um fünf …

Endlich ist es geschafft. Er wird mich um elf Uhr abholen. Brigitte hat mich eingeladen, noch zwei aus der Klasse sind mit von der Partie, es ist Karneval, und ich schminke mich so, dass ich hoffe, die Schönste zu sein. Birgittes Eltern haben einen Brillenladen, und der Lehrling heißt Gino, ist neunzehn und in Brigitte verliebt, sagt sie.

An diesem Abend hat er nur Augen für mich, streichelt meine Schienbeine und meine Hände und nennt mich Schatz, was mir ein solches Gefühl von Zusammengehörigkeit gibt, dass ich aufhöre mit der Sehnsucht, weil ich erreicht habe, was ich suchte.

Als mein Vater wirklich um elf an der Tür steht, geht Gino

mit drei Freunden nach unten. Einer davon wird um zwölf abgeholt von seinen Eltern mit dem Auto, die könnten auch mich …

»Nein«, sagt der Vater. »Sie darf bis zwölf, aber ich werde sie abholen.«

»Du darfst noch bleiben!« ruft Gino, ich lache und tanze mit ihm und lasse zu, dass er mich küsst. Gehöre danach nicht mehr zum CDU, dem ›Club der Ungeküssten‹. Pünktlich um zwölf klingelt der Vater zum zweiten Mal. Gino umarmt mich und sagt: »Du bist so was von süß!«

Vier Tage später schmeißt Brigitte mir ein Foto aufs Pult. »Bild dir bloß nichts ein«, sagt sie, »der Gino will nur mich! Hat sich bloß an dem Abend nicht getraut, weil meine Eltern dabei waren, und wo er doch der Angestellte ist und ich die Tochter vom Chef, na, du verstehst sicher …«

Nur unsere Köpfe sind zu sehen, eng beieinander, lachen dem entgegen, der uns knipst. Ich sehe glücklich aus, lebendig und fröhlich und wissend. Das Lachen klingt mir noch im Ohr, ich spüre seinen Mund auf meinem. Mein Herz klopft voller Sehnsucht.

Der Vater nimmt das Bild in die Hand und runzelt die Stirn. »Wie du da aussiehst«, sagt er, »knutscht mit diesem Kerl rum wie ein Flittchen. Nein, so was will ich nie mehr von meiner Tochter sehen« und reißt das Bildchen in viele kleine Schnipsel.

Ein halbes Jahr später sind die Haare zum Pferdeschwanz nachgewachsen. Rechts und links von den Ohren drehe ich mir Sechser ins Gesicht – »Herrenwinker«, sagt Tante Resi –, aber ich höre nicht hin, wenn die Jungen nach mir rufen: »Ah«, sagen sie, »da kommt die Dichterin«, dann gucke ich stolz geradeaus.

Ja, ich schreibe Geschichten. Vier davon sind schon gedruckt worden, ich will ein Buch schreiben und Schriftstellerin werden. Aber ich will nicht, dass die mich so nennen und mich so anstarren, wenn ich mit dem Geigenkasten unterm Arm zum Unterricht gehe.

Eigentlich hatte die Mutter ein Klavier kaufen wollen.

Jeden Monat legte sie dafür etwas zurück. Aber nie hat es gereicht.

»Die gebrauchten Klaviere werden immer teurer«, sagt sie und ist froh, dass sie das mit der Geige geschafft hat – auch für den Vater, der ja so gut Geige spielen kann, auf dem Musikkonservatorium war, und ich soll ihm nacheifern. Einmal hatte der Pastor mir vorgeschlagen, bei ihm zu Hause auf dem Klavier zu üben, aber das ist dem Vater unangenehm, und selbst die Mutter sagt, so etwas könne man doch keinem zumuten.

Nun versuche ich mit der Geige mein Glück, und das wird nicht groß. Zweimal spiele ich mit anderen zusammen in der Aula der Musikschule kleine Stücke von Bach und Gounod (die Eltern sind zum Zuhören gekommen und klatschen, als hätte es ihnen wer weiß wie gefallen), und einmal die zweite Geige in einem kleinen Ensemble, das der Sohn unserer Nachbarn gegründet hat. Mich hat er nur reingenommen, »weil er in mich verliebt ist«, sagt er, und ich bin so rot geworden davon, dass die Mutter mir Fieber messen will.

Dann will der Kirchenorganist, dass ich Heiligabend die Begleitung übernehme, und weil ich die Akkorde nicht rein hinbekomme, nirgendwo ein Eckchen in der Wohnung für mich zum Üben finde, lege ich zwei Fingerkuppen der linken Hand für drei Sekunden auf die heiße Herdplatte. Das reicht. Der Schmerz ist erträglich, aber das Ergebnis lässt sich sehen. Rot genug und sogar zwei kleine Blasen geben mir das Recht abzusagen. Die Mutter fragt, wie ich denn das gemacht hätte, und ich sage, ich wisse es auch nicht.

Sie hat keine Zeit für weitere Fragen, ihre Kusine aus München ist zu Besuch, und die kleine Katze, die der Vater am Morgen vor der Haustür gefunden hat, rast durch Küche und Flur, springt ab dem ersten Feiertag zweimal quer in den Baum, dass die Silberkugeln sich überschlagen, rennt über den Esstisch und sitzt später schmatzend im Kartoffelsalat. Das verdirbt der Mutter den Appetit, und die Katze wird für die restlichen Feierstunden auf den Speicher verbannt in die Eiseskälte, die ihrem Darm nicht bekommt. Als die Mutter die schöne Schweinerei wegmacht, muss der Vater ihr versprechen, dass nach den Tagen Schluss ist damit.

Am zweiten Januar hat er die Katze in die Aktentasche gesteckt, und die ist leer, als er wiederkommt. »Ich habe mir erst mal einen Schnaps gegönnt danach«, sagt er. Ich will nicht wissen, was davor geschehen ist.

Hundert Mark kann die Mutter ausgeben für den Wintermantel. Der graue gefällt mir und kostet hundertzwanzig.

»Es geht einfach nicht«, sagt die Mutter und kauft einen braunen für 98,50 und für den Rest Garn und Nadeln zum Kürzermachen, denn ich sei noch ein Kind, sagt sie.

Schon auf der Treppe trenne ich den Saum am nächsten Tag wieder auf, die Mutter repariert ihn am Abend, und kaum bin ich am Morgen aus der Tür, reiße ich erneut an den Fäden. Nach zwei Tagen hat sie das Spiel durchschaut, schreit mich an, was die Leute denken sollten von ihr, dass sie mich so rumlaufen ließe mit diesem ausgefransten ungebügelten Saum. »Du solltest dich was schämen«, sagt sie, »und dass du nicht nochmal daran rumziehst!« Danach hänge ich den Mantel immer über den Arm.

Wegen der Senkfüße habe ich Einlagen, »und dafür müssen neue Schuhe gekauft werden«, sagt die Mutter. Es gibt welche, die heißen *sporties* und wären geeignet, aber die Mutter kauft *supersports*, weil die noch besser sind, noch fester und so klobig, dass ich mich schäme und sie jeden Morgen zu Hause an- und gleich hinter der nächsten Ecke wieder ausziehe, in die Schultasche stopfe und mit Gymnastikschläppchen weitergehe. Auch im Winter, auch bei Eis und Schnee. Jeden Morgen lobt mich die Mutter und freut sich, dass ich so vernünftig geworden bin.

Der junge Dirigent lädt mich ein ins Konzert. Ich darf, weil seine Mutter mitgehen wird, und die denkt, das wird was mit ihrem Sohn und mir und würde sich freuen darüber, sagt sie.

Schuberts *Unvollendete* und ein Violinkonzert von Mendelssohn-Bartholdy. Johannes Brüning heißt der Solist und ist erst sechzehn Jahre alt. Ich bin wie verzaubert. Mein Herz geht auf bis zum Himmelstor, taumelt über die Wolken, lacht mit Sternen und Mond. Jetzt könnte ich sterben und hätte keine Angst davor.

Von da an gehe ich jeden Montag zur Kirchenchorprobe. Bin eine von siebzig Stimmen, die Oratorien singen, Passionen, Messen und Requien – und gehöre dazu. Auch der Kirchgang am Sonntagmorgen mit dem Orgelspiel und dem Singen und Beten ist wie ein Treffen mit Freunden für mich.

Das Leben ist reich geworden, so viele Farben hat es schon, und noch etwas kommt dazu, als der Vater mich anmeldet zum Steno- und Schreibmaschinenkurs, mittwochs abends von sechs bis acht. Ich lerne, wie man ohne hinzusehen die richtigen Tasten trifft, aber was danach kommt, zählt mehr: Dann stehe ich mit den Jungen vor der Tür, lache und rauche, fühle mich groß und auch ein bisschen verdorben und schlecht. Als Strafe Gottes bekomme ich Halsschmerzen, die sich in Windpocken verwandeln, über den Körper ausbreiten und mich zu Hause fest- und von allem anderen fernhalten.

Erst zur Konfirmation bin ich wieder gesund. Noch blass und sehr schmal, »aber so schön wie kaum eine andere«, sagt der Sohn vom Pastor. Von meinen Eltern bekomme ich einen Ring mit rotem Stein und das Buch *Der Kinder Gebet*, von Tante Bertha eine feine Armbanduhr. Das Schönste aber sind die Geschenke von Tante Resi: ein Buch mit dem Titel *Die weiße Azalee*, das ich lese und lese und lese und nicht aufhören kann, mich in die Geschichten hineinlebe, -liebe, -leide, und … einen Petticoat. Dick und duftig und rosa liegt er nach der Kirche auf dem Wohnzimmerschrank. »Niemals«, hatte die Mutter gesagt, »niemals kaufe ich dir so was«, und der Vater sagt, »dass man zur Konfirmation eigentlich was anderes schenkt. Aber typisch deine Schwester Resi!«

Bei Terhaag hatten wir zu Mittag gegessen. Kaffee und Abendessen macht die Mutter daheim. Wir sind mehr als zwanzig am Tisch, »und das kostet«, sagt der Vater. »Aber Konfirmation ist ja nur einmal.«

Das Konfirmationskleid hatte Frau Dr. Menzel besorgen

wollen, *second-hand*, aber da waren sich Vater und Mutter ein einziges Mal einig: »Das kaufen wir neu, das werden wir uns doch wohl noch leisten können für unser einziges Kind.«

Der Doktor meint, ich hätte die Windpocken gut überstanden, die würde ich nie mehr kriegen. Dann fragt er mich, ob ich schon einen Freund habe und ob ich schon mal mit dem … »na, du weißt schon.«

Ich sage: »Nein, habe ich nicht.«

»Aber wenn«, sagt er, »pass bloß auf. Du kannst nämlich schon Kinder kriegen. Aber sag keinem, dass ich mit dir darüber geredet habe.«

Funkemariechen soll ich werden und Fotomodell für junge Mode, aber die Mutter sagt, das komme überhaupt nicht in Frage, davon werde man nur hochnäsig. Der Vater wird diesmal gar nicht gefragt. Ich bekomme Briefchen zugesteckt mit Telefonnummern, *Ruf mich mal an, du bist so süß! Wann sehen wir uns mal? Ich habe mich in Dich verliebt!*

In der Jugendherberge trage ich das Geschirr in die Küche; der Mann, der schon drin ist, macht die Türe zu, reißt mich an sich und versucht mich zu küssen.

»Ich bitte Sie!« sage ich und reiße mich los. Diesen Satz hatte ich in einem Film gehört, und ich finde ihn gut. Darüber hinaus schäme ich mich all dieser Dinge, fühle mich schuldig, weil auch die Verlockung, die aus mir herausstrahlt, sündig sei, sagt die Mutter.

Zur Bundesgartenschau will Erich mit seiner Verlobten nach Köln kommen, und er könne selbstverständlich bei uns übernachten, sagen die Eltern. Als es klingelt, steht als erster Ulrich vor der Tür, und ich bekomme ein solches Herzklopfen, dass er es eigentlich hören muss.

»Junge, Junge«, sagt er, »du bist ja richtig erwachsen geworden. Und hübsch.«

»Na klar«, sage ich. »Meinst du, ich bleibe immer so'ne Göre mit Affenschaukeln?«

»Erich lacht: »Ja, aus Kindern werden Leute!«

Wir gehen zusammen über die Brücke zur Ausstellung, und

an jedem Blumenbeet stelle ich mich neben Ulrich in Positur, dass er mich richtig sehen kann, lache nur für ihn und immer an ihm vorbei und wünsche mir so sehr, dass er mal seinen Arm um mich legt, weil ich mich dann so sicher fühlen würde, so aufgehoben, wie für immer angekommen.

Wir schlafen nach Geschlechtern getrennt. Ulrich und Erich auf meiner Bettcouch im Wohnzimmer, der Vater auf der Balkonliege, die er zwischen Esstisch und Schrank aufgestellt hat. Die Verlobte, die Mutter und ich teilen uns das Ehebett. Für eine Nacht geht das doch. Als sie alle wieder weg sind, träume ich den verpassten Momenten hinterher und nehme mir vor, an Ulrich zu schreiben, und habe dann doch keinen Mut.

Halte, was du hast, dass niemand deine Krone nehme. Den Spruch hatte der Pfarrer bei der Konfirmation extra für mich ausgesucht.

Ich weiß nicht genau, wer ich bin, und was ich habe, aber ich will versuchen, es zu finden und zu behalten.

»Vor allem deine langen Haare und deine Natürlichkeit«, sagt Robert, der im Tenor singt, schon einundzwanzig ist, Philosophie studiert und mich zum Sommerball seiner Fakultät einlädt.

»Kommt überhaupt nicht in Frage«, sagt der Vater, »du bist vierzehn, da darfst du ohne Erziehungsberechtigten überhaupt noch nicht hin. Das müsste dieser junge Mann eigentlich wissen, wo sein Vater doch Dezernent beim Jugendamt ist.«

Auch nicht zur Fotofachschule darf ich, wo ich vielleicht hätte Fotomodell werden können, sagt der Mann vom Bass, der dort Professor ist und mich eingeladen hatte, weil mein Gesicht den Goldenen Schnitt habe und mein Profil so unerhört ebenmäßig sei und klar.

Das sieht auch der nette Junge morgens in der Bahn, mit der ich zur Schule fahre. Er lacht mich an und sagt manchmal sogar guten Morgen. Natürlich grüße ich nicht zurück; der soll sich bloß nichts einbilden – obwohl ich Herzklopfen kriege, wenn er mich ansieht. Einmal fragt er mich, ob ich noch bis zum Brückenaufgang mitkomme, sagt, dass er mich nett finde, und will mir das Foto von meiner Konfirmation, das ich ihm zeige, nicht mehr hergeben, und ich greife danach.

Da kommt Fräulein Mielke, meine Deutschlehrerin mit dem grauen Dutt am Hinterkopf und den verrutschten Söckchen an den Füssen, zeigt mit dem Finger auf mich und sagt: »Wir sprechen uns gleich bei der Direktorin!«

Ich zittere vor Angst.

»Was soll denn passieren?« sagt der Junge. »Wirst doch wohl noch mit mir reden dürfen!«

»Ja, wenn es nur das gewesen wäre!« schreit die Lehrerin im Schulbüro. »Aber der Junge hatte ihre Brust umfasst. Und so eine können wir auf unserer Schule nicht dulden. Ich beantrage einen Schulverweis für Karoline Hortmann. – Geh jetzt in deine Klasse.«

Ich bin entsetzt. »Das stimmt doch gar nicht!« rufe ich.

Doch sie unterbricht mich: »Was ich gesehen habe, habe ich gesehen. Das nehme ich auf meinen Beamteneid.«

»Das ist nicht wahr! Ich habe mir nicht an die Brust fassen lassen, das würde der auch gar nicht tun. Er ist anständig und nett.« Aber wenn diese wütende Alte mich loswerden will, dann wird sie das schaffen. Ich fühle mich gedemütigt und hilflos und wie mit Füssen getreten und weiß beim besten Willen nicht, was ich jetzt tun soll.

Wenn ich rausgeschmissen werde, wollten die meisten aus meiner Klasse auch die Schule verlassen, sagen sie, aus Protest. Aber ich werde am besten gar nicht mehr heimgehen, gleich ins Wasser springen und meinen Eltern die Schande ersparen. Als unschuldige Märtyrerin, für die Liebe gestorben.

Die Mutter sieht mich an und sagt, sie nehme die Sache in die Hand. Zusammen gehen wir zur Konrektorin, die zwei Straßen weiter wohnt. Mit der redet es sich leicht. Sie könne nichts versprechen, sagt sie, »wenn die Kollegin sich wirklich entschließt, diese Aussage zu beeiden, dann bleibt nichts weiter als der Schulverweis«, aber vielleicht könne sie mal mit ihr reden; »man kann doch einem jungen Menschen mit so was nicht den Lebensweg zerstören«, sagt sie.

Tatsächlich bleibe ich auf der Schule, ducke mich, sobald mich ein Blick trifft, damit man mich nie mehr beschuldigen kann.

Der Vater fragt, wie der Junge heiße, und will, dass ich mich ab jetzt von ihm und überhaupt von den Jungen fernhalte, sagt er. »Du hast die Schule, und das genügt.« Zwei Tage später trifft er sich mit demjenigen zum Gespräch unter Männern und vier Augen.

Von da an verbrenne ich die Wünsche, die Sehnsucht, die Hoffnung. Verscheuche das Lachen, lösche die Freudenfeuer und friere mich ein im Winter meines Herzens.

Von da an hüte ich meine Blicke, sehe nur noch nach unten, ernsthaft und still. Von nun an gibt es keine Konzerte mehr, keine Chorproben und schon gar nicht den Schreibmaschinenkurs. Auf geradem Weg zur Schule und danach direkt wieder heim. Von da an gehe ich nur noch mit den Eltern hinaus. Meistens sonntags, am Rhein entlang, über die Ringe und danach ins Café am Rudolfplatz …

Joachim Spies

DAS ROSENKRANZ-KOMPLOTT

Roman

Der tragische Unfalltod des Ortspfarrers Andreas Heusinger und die Ereignisse vor seiner Beisetzung in einem kleinen Weinort überschatten die Autopanne dreier Freunde. Unfreiwillig verbringen Peter Bläser, Jakob Werners und Moritz Schwab einige Tage in der ländlichen Gegend und lernen so Eigenarten und Charaktere kennen. Joachim Spies schildert mit erzählerischer Leichtigkeit dörfliches Leben, schwelgt in den Genüssen, die Küche und Weinkeller bieten, und geht auf religiöse Traditionen der Region ein.
368 Seiten, gebunden, 19,00 €, ISBN 3-936622-45-0

Rainer Witt

Kopfschuss

Kriminalroman

Die Sonderkommission steht nach dem Fund einer Frauenleiche zunächst vor einem Rätsel, da ein Raubmord ausgeschlossen scheint. Dann bringt sie ihr Puzzle aus Indizien weiter. Witt zeigt das Zusammenspiel von verschiedenen Bereichen der Polizei. Die Ermittlungen bringen die Beamten auf die Spur von Menschenhändlern, die hinter der Maske des Biedermannes »im Haus nebenan« jungen Frauen jegliche Art von Freiheit und Lebensmut nehmen.
Trotz des brisanten Themas ist Rainer Witt ein Kriminalroman mit Witz und Esprit gelungen. Ein kunstvoller Spagat aus dem manchmal turbulenten Privatleben der Beamten und einer widerwärtigen Szene von Verbrechen, auf die er ausdrucksstark hinweist.
312 Seiten, gebunden, 17,00 €, ISBN 3-936622-53-1

GABY FALK
Aufruhr im magischen Alphabet
Jugendroman

Sam macht auf seinem Schulweg eine ziemlich merkwürdige Bekanntschaft. Wie spannend plötzlich für ihn und seine Freundin Anna der Umgang mit einem uralten und zudem äußerst frechen Alphabet, das aus der Kölner Stadtbibliothek entwischt ist, wird, zeigt sich, als beide dem Geheimnis der Buchstaben auf die Spur kommen. Zudem entwickelt sich die Geschichte zu einem ausgewachsenen und teilweise auch unheimlichen Abenteuer, in dem Sam in große Gefahr gerät. Und alles nur, weil er nicht lesen wollte. Gaby Falk ist ein Buch gelungen, das Kinder, Jugendliche und Erwachsene auf informative und sehr unterhaltsame Weise in die Welt der Schrift entführt. Ein wunderbares Buch, das bestens dafür geeignet ist, den Spaß am Lesen zu finden.
180 Seiten, gebunden, 14,00 €, ISBN 3-936622-56-6

STEPHAN NUDING
Auf den Straßen unserer Urahnen
Über historische Fernstraßen im Rheinland, in Hessen und in Nordrhein-Westfalen

Vergangenheit und Gegenwart alter Straßen werden in diesem spannenden und informativen Buch behandelt.
112 Seiten, 18,00 €, ISBN 3-936622-60-4
Erscheint 2005

Das kostenlose Verlagsprogramm sendet gerne

vmn
Verlag M. Naumann
Eicher Straße 4   61130 Nidderau
Telefon 06187 22122 Telefax 06187 24902
eMail: info@vmn-naumann.de
Im Internet finden Sie uns: http://www.vmn-naumann.de